I0668072

Enzo Amoruso

ASSASSINI…BRAVA GENTE

Youcanprint*Self - Publishing*

Titolo | Assassini… Brava gente
Autore | Enzo Amoruso
Copertina a cura dell'autore
ISBN | 978-88-67516-81-0

YoucanprintSelf-Publishing
Via Roma, 73 - 73039 Tricase (LE) - Italy
Tel. +39/0832.1836509
Fax. +39/0832.1836533
www.youcanprint.it
info@youcanprint.it
Facebook: facebook.com/youcanprint.it
Twitter: twitter.com/youcanprintit

Prologo

Talvolta, nella vita, può accadere che l'incontro di un amico di vecchia data possa cambiare il corso del proprio destino, proiettando l'ombra di un episodio del passato,taciuto per tanti anni, oltre ogni tempo, ogni ricordo.

Non sempre i romanzi sono soltanto frutto dell'opinione, o della fantasia dell'autore,molte volte la migliore ispiratrice degli scrittori è proprio la concretezza, a volte anche ingrata, della realtà.

Ricordando che l'opposizione tra scienza e opinione è stata fissata con tratti indelebili dal pensiero greco: l'una concerne il vero, l'immutevole, l'universale, mentre l'altra, essendo un colloquio intimo che l'anima conduce con se stesso, intorno a ciò che prende in esame, come tale, rappresenta soltanto il probabile, il contingente;ricordando ancora che il contingente rappresenta quello che potrebbe accadere, ma che potrebbe anche non accadere – anche se, ancora oggi, sarebbe da risolvere la dibattuta questione che i Greci siano gli originali creatori del sapere, che hanno trasmesso fino a noi, e non siano invece ripetitori di un sapere ancora più antico – Enzo Amoruso si è ispirato, per questa nuova opera, a episodi realmente accaduti,mettendo in luce il delicato rapporto che esisteva tra l'autore e il personaggio che nell'opera parla in prima persona, nel raccontare l'appassionante vicenda di due amici che, finiti gli studi, si persero di vista.

Fu durante le feste di Pasqua di un anno che non ricordo bene – '58 o '59 – che io e Franco (l'amletico Franco, eroe positivo, che nelle ultime pagine del racconto viene a trovarsi in una inattesa saldatura col suo "alter ego"?) ci salutammo l'ultima volta, lui era in procinto di partire per Cuba per una vacanza – così mi

disse – ci rivedremo, concluse.Ma sarebbero trascorsi sessant'anni prima che noi due c'incontrassimo di nuovo.
Questo è il resoconto imprevedibile ed emozionante della vita di Franco,l'ingegner Franco Sarno, il mio amico d'infanzia più caro.

1

Il racconto che segue l'ho trascritto da una registrazione senza spostare una sola sillaba. Non ho tentato di renderlo più drammatico di quanto già non fosse, per renderlo in qualche modo "letterario".
Per tale motivo, mi accingo a trascrivere quello che ho appena finito di leggere, senza artifici destinati a tenere vivo l'interesse romanzesco.
Ma mentre lo scrittore di gialli sa già come va a finire la sua storia, e presenta le cose come se non le sapesse, io, conoscendole soltanto parzialmente, sento il dovere, affinché l'opera tenga fede al suo prologo, di avvertire il lettore, che alla fine, tutto ciò che ho scritto, potrebbe essere visto sotto tutt'altra luce.
Forse una narrazione più arzigogolata, alla maniera dei sofisti, sarebbe piaciuta di più, ma questa è la storia.
Una storia d'amore molto umana che ha il potere di stravolgere un finale che a tutta prima si presenta come una vicenda leggendaria e fantasticadi prostituzione, e dove una calunniasu un personaggio, una creatura misteriosa e indesiderabile che, stando alle voci, avrebbe allargato le gambe a mezza Roma, nel corso dell'opera subirà una vera e propria metamorfosi per ilnarratore stesso,che attraverso l'esperienza della gelosia è costretto a interrogarsi sulla vita della persona amata.E mentre si scontra dolorosamente con l'impossibilità di conoscerla veramente fino

in fondo, quando tutto sembrava perduto,come per magia,tutto si tramuta in una delle più intense e romantiche storie d'amore di fine millennio.
Dopo che sogni utopici ti fanno risultare banale la realtà,potranno mai coincidere mondo reale e fantasia onirica?
Di buono nella vita non vi sono che i sogni?

Il volo TWA 7694 proveniente da Parigi destinazione New York con scalo a Fiumicino viaggiava con circa un'ora di ritardo. Il nonno prese una rivista da un contenitore e cominciò a sfogliarla, mentre io ero sempre più preso da tutto quell'andirivieni di persone che si imbarcavano sui vari aerei, così, a cuor leggero, come se andassero a prendere il tram (non avevo mai volato in tutti i mie primi ventiquattro anni). Il nonno sfogliava distrattamente le pagine, ma… mi accorsi che la rivista era capovolta soltanto nel momento in cui chiamavano il nostro volo. "Imbarchiamo ora il volo TWA 7694, i passeggeri sono pregati di portarsi con cortese sollecitudine all'uscita sette".
Interdetto, mi alzai, mentre il nonno, con voce che voleva rendere in qualche modo allegra la nostra partenza, diceva:"Franchino, si parte!!!".
Fui punto da un assillo, un sospetto apparentemente infondato, quell'imparaticcio che avevo di psicologia mi stava annientando,e ricordai le parole di Franco: "Laurearsi in psicologia non deve essere tanto difficile, basta solo imparare a trasformare ogni elucubrazione, ogni tua convinzione, in una domanda del tipo di quelle che iniziano con la parola 'perché', e la diagnosi te la sciorina direttamente il paziente". E se mi fossi sbagliato a farla io, la diagnosi, preventivamente?
Presi posto nel mio sedile, apprestandomi a un volo di sette-otto ore, mentre osservavo nuvole e oceano correre via sotto l'ala,

chiusi gli occhi e lasciai che i pensieri vagassero cercando di tirare le fila dei sentimenti contrastanti che mi animavano.

Credo di aver dormito per tutta la traversata oceanica, ero ancora assopito quando si attivarono gli altoparlanti dell'aereo: "Signore e signori, è il comandante che vi parla, abbiamo appena iniziato la discesa verso l'aeroporto intercontinentaleJ.F.Kennedy, dove prevediamo di atterrare tra venti minuti circa. Vi preghiamo di rimanere seduti finché l'atterraggio non sarà completato. In questo momento a New York manca esattamente un minuto per le ore diciannove e la temperatura al suolo è di ventisei gradi.

Spero abbiate gradito la nostra compagnia aerea e vi auguro un buon soggiorno".

2

Ritirati i bagagli ci avviammo verso l'uscita, sulla destra c'era un vastissimo parcheggio di taxi, ma il nonno non vi si diresse, e si guardava in giro. Dopo pochi secondi si avvicinò un signore molto distinto (se fossimo stati a Londra avrei pensato a un *gentleman*) dicendo: "Il cavalier Sarno?".

"Sì", rispose il nonno.

"Sono il dottor Leva, vice direttore della Banca d'America, vuol venire con me?".

Ma... forse è opportuno che cominci fin dal principio quest'assurda storia, che ha fatto del mio amico Franco uno scientifico Dio della giustizia (forse il metodo non è proprio scientifico, ma non ho trovato nessuna parola che lo prefigurasse meglio.(Anche se, alla parola "fine", mi era venuto in mente: l'Angelo della morte).

Al mio lettore ideale

Sono le ore sette del primo febbraio 2012, dopo oltre sessanta-cinque anni di onorato servizio, questa mattina tradisco la mia Lettera 22, il cui ticchettio mi ha tenuto compagnia per un'eternità di tempo, le ho dato il benservito, per un piccolo, semplice, computerNon sono sicuro che questa accelerazione tecnologica porterà a un'espansione delle mie capacità mentali, e mi offrirà più tempo per le mie passioni. Ad ogni modo: mi ci adeguerò.

Quando a ottant'anni (79) si ha il desiderio di scrivere un libro, non si deve fare altro che mettersi subito all'opera,prima che sia troppo tardi.

Due affermazioni preliminari in merito alla mia "opera": estre-ma consapevolezza critica di fare di *Assassini*...il prototipo del romanzo-saggio, lasciando inesplicato soltanto quel tanto che è la riserva di vitalità di un giallo che si rispetti.

Riguardo invece la stesura del "romanzo", che non ha un vero e proprio intreccio ma segue piuttosto un suo percorso come se i vari capitoli fossero scene di un dramma dagli sviluppi più di-mostrativi che narrativi,è importante il fatto che Enzo e Franco sono separati tra loro dallo spazio di un sessantennio, affinché non si possa parlare di onniscienza.

Non so cosa sia la sintassi, e men che meno l'interpunzione (il buon Totò riempiva l'ultima pagina di punti e virgole da usare a piacimento).Con tali presupposti, voglio dirti subito che io non mi son messo a scrivere per competere con gli scrittori (me ne sarei ben guardato), anzi, li ho sempre invidiati per la loro fanta-sia.

Detto questo, sebbene privo di quei preziosi ornamenti di erudi-zione di cui sono rivestite le opere dei letterati, mi accingo a scrivere così come mi viene, grossolanamente,senzaaddentrarmi nelle disquisizioni sui vari generi letterari (non ne sarei nemmeno capace) seppur scompigliando i rapporti tra letteratura e vita, fra verosimile e assurdo, tra fantasia e realtà. Avvertendo però che, tranne l'episodio del carcere, il lettore troverà due elementi in comune: l'amore e l'amicizia.

La botte dà il vino che ha (questo punto di vista è compendiato nella sentenza dantesca, secondo la quale "ogni erba si conosce dallo seme").

Il mio "stile"? Il mio stile è dato dalla verità, senza fronzoli o abbellimenti, che non è la verità propriamente storica, ma quella della verosimiglianza poetica, della poesia vissuta o vivibile, che si afferma su ogni presunta affermazione della verità,della concezione socratica della verità; quella che offre all'estro creativo i rapporti temporali tra realtà e fantasia, quella del rifiuto del romanzesco, senza stravolgere lo statuto del romanzo, non appartenendo ad alcun genere, dal momento che si tratta soltanto di una specie di romanzo; ein ultimo, da quellache, spero,scenda nei cuori dei lettori.

Se tutto ciò è originale? Se il senso comune considera come originale una sorta di narrativa alternativa, che non ha addentellati con le tecniche precedenti, allora è originale.

Certo, se fossi stato in grado di mettere per iscritto tali verità in adeguata maniera, per essere intese dai mie lettori, cosa avrei potuto cogliere di più bello nella mia vita se non scrivere di tali cose utilissime per gli uomini e renderle alla portata di tutti?

Troverete qualche pronome, qualche parentesi equalche congiunzione in più.

Per le piccole discrepanze, se ve ne sono (e ve ne sono, se le individuate, non siate troppo severi, riconosco le mie manchevolezze) in contrasto col resto del racconto avrei potuto trovare qualche giustificazione, diciamo così, biografica, alludendo al gioco di verità-invenzione narrativa, in merito alla...fonte, ma avrei trasferito al lettore il dilemma: credere-non credere.

Soltanto un particolare non si inquadrava nella mia esatta disamina della vita di Franco, e poiché non lo sapevo spiegare, ho cercato in tutti i modi di ignorarlo. Non ho avuto molta fortuna, con una parte di me ormai ero scrittore, immagino, e uno scrittore è un uomo che ha insegnato alla sua mente a sbrigliarsi e, si sa, quando una persona fantasiosa finisce in un guazzabuglio mentale, la linea di demarcazione tra sembrare ed essere tende a scomparire. (Alcuni mesi dopo l'uscita del romanzo, sull'aliscafo per Capri conobbi una giovanissima coppia di sposi, erano greci, ma questo dovrà far parte necessariamente di *Assassini... brava gente 2*).Del resto so che i lettori,io per primo, amano i personaggi che ricompaiono, ti fanno sentire in famiglia.

Si tenga presente che, in considerazione che non esiste un tipo di racconto adatto a tutti i tipi di lettori, non bisognerebbe mai discutere dei romanzi né degli spettacoli teatrali, dato che ciascuno ha il suo modo di vedere voi potreste trovare banale quello che ad altri sembra bellissimo. E poi, bisognerebbe vedere quali libri si leggono, in quali epoche certi libri e in quali altre epoche altri.

Non occorrerà nemmeno arrivare alla fine della storia per incontrare le figure che, colte fin nel fondo delle loro anime, prenderanno vita.

In quanto a me,in omaggio al maestro D'Orta: "Io...speriamo che me la cavo".

Forse non salirà in alto il mio nome, ma sono più che sicuro che vi salirà il mio spirito, e questomi è giàd'appagamento.

3

Sdegno, cordoglio, esecrazione e incredulità, sono ormai dei cliché tenuti a portata di mano da tutti i quotidiani ad ogni piè sospinto. Eppure, la gran parte degli autori di grandi misfatti vengono descritti come persone perbene, gentili, grandi lavoratori, tutti dediti alla famiglia, mai una chiacchiera su di loro (è proprio di questi giorni in Italia la scarcerazione di un pluriomicida dopo appena dieci anni di detenzione, che uccise a coltellate una mamma e il suo figlioletto)."È un'altra persona", dice la sua attuale fidanzata, "dolcissima, buona, di cuore, riservato". Ecco, riservato…

Un omicida trova quasi sempre la ragione del suo gesto in se stesso, è evidente che deve sempre esistere una causa scatenante, quella più comune – quando non si tratta di disagio sociale – è la necessità di avere giustizia, prerogativa accordata da Dio agli uomini. Gli animali, che non hanno avuto in sorte questo dono, si divorano tra di loro.

Ecco allora che quando gli uomini si fanno torto tra di loro dovrebbero scontare la pena, per ristabilire la misura turbata, ma tutto questo in Italia non avviene, in modo particolare con la magistratura napoletana (io ne sono tuttora vittima).

Se riflettiamo sull'iter di cui essa è materiata, vediamo che vi predomina l'idea di un fatalismo dei rapporti umani e naturali, contro cui invano le parti lese cercano di ribellarsi, e allora,loro malgrado, tante persone con la faccia pulita sono spinte a delinquere per una fatale condanna alla perdizione, che grava non su di loro, ma sulla magistratura italiana, arrivando così al paradosso che per rispettare la giustizia bisogna infrangerla, e se non fosse una negazione dell'idea della solidarietà della colpa bisognerebbe proprio citarli in giudizio con l'accusa di istigazione a delinquere.

Udite, udite: Tribunale di Napoli, gennaio duemilanove, il magistrato (sic) apre un fascicolo e, scorgendo una ricevuta, sbotta "Ma cos'è questa ricevuta? Qua non si capisce niente", richiude il fascicolo e rimanda la causa di dodici mesi (il pover'uomo teneva altri cento fascicoli sul "bancone").Alla data prevista si concede ulteriori dodici mesi per cercare di interpretare quella ricevuta, poi ancora ulteriori sei mesi più sei mesi, poi in ultimo, ma non ultimo, rimanda di due mesi il giudizio, sapendo che in quei giorni se ne sarebbe andato in pensione o assegnato ad altro incarico (speriamo nella nettezza urbana, così ci troveremo un operatore ecologico in più e un magistrato fallito in meno).

Se ti capiterà di leggere *La Repubblica* di Cicerone, ti meraviglierai che abbia potuto scrivere tante cose contro la giustizia. In altri libri storici noterai che il magistrato veniva definito "dittatore", e aveva l'appellativo di "maestro del popolo".

Il mondo, ma forse proprio l'Italia in particolare, è pieno di assassini che l'hanno fatta franca. Per quanto riguarda gli usurai, non c'è possibilità di dialogo con questi delinquenti specializzati in un crimine odioso, non esiste nessun modo per recuperarli, non sono più esseri umani.

In questi casi, occorre una più efficiente amministrazione della giustizia che sappiaadottare tempi più rapidi, e pene certe.

Le probabilità che molti assassini camminino proprio al nostro fianco sono tantissime, li possiamo tenere gomito a gomito nella metropolitana, al cinema, al bar.

Un omicida, dopo aver compiuto impunementeil suo delitto, deve sentirsi pari a Dio e diventare la persona più riservata che si possa mai immaginare, sempre ossequiente, premuroso, non tremare mai alla vista di un poliziotto e, anzi, sorridergli, accarezzando con un senso di superiorità il proprio segreto.

Per tutto questo c'è un motivo, egli non può e non deve apparire, quando sale in auto si deve allacciare subito la cintura di sicurezza, deve guardarsi bene dal superare i limiti di velocità ma, soprattutto, deve evitare le liti e deve diventare un mansueto, non può correre il rischio che per un motivo qualsiasi vada a finire in questura, perché è molto probabile che abbiano le sue impronte digitali o il suo DNAraccolto sul luogo di qualche delitto. In poche parole, deve scomparire.

E scompare. Purtroppo. Tutto questo proietterà il lettore verso una triste verità, questi non pagheranno mai per le loro colpe, e a noi resterà soltanto la speranza che il buon Dio "gli farà pagare un più pronto e più terribile fio" (Manzoni).

4

La nostra polizia scientifica compie dei veri e propri miracoli, se non se ne vedono i risultati è dovuto alle decine di migliaia di "bombe a grappolo" o cavalli di Troia che ci ha inviato il "buon amico" Gheddafi e che abbiamo disseminati per tutta l'Europa, ma forse maggiormente in Italia.(Dopo aver estratto il DNA di un malfattore, o rilevate le impronte digitali, sul luogo di un delitto, dove devono andare questi poveri cristi a sbattere la testa?).

Quest'ultima considerazione è soltanto una doverosa divagazione a difesa della nostra polizia scientifica, perché i casi di cui si parla non sono di loro competenza, in quanto essi rientrano inuna statistica che pone in primo piano la morte per l'episodio più grave e drammatico:per l'insufficienzadi circolo coronarico, quella dell'infarto del miocardio. Seguita a breve distanza dall'emorragia cerebrale.

Il più delle volte, non riusciamo a comprendere gli impulsi demoniaci che portano la gente all'assassinio per poi andarsene in giro liberi e spensierati, tanto nessuna polizia al mondo è capace di individuarli. Chi sono costoro per giudicare e condannare? Chi ha dato loro il diritto di ergersi a giudici supremi della vita e della morte?Quante volte mi sono chiesto: "E se avessero ragione loro, gli assassini? E se i 'cattivi' non fossero loro, ma...i morti ammazzati?".La verità ce la dirà il tempo, e il suo giudizio sarà inappellabile.

5

Parlare di un killer, senza l'implicazione della polizia scientifica, senza grossi spargimenti di sangue (se si eccettua una leggera epistassi) e non servirsi dell'opera di un criminologo, o di un anatomopatòlogo, non è cosa da poconé facile.Il fatto è che gli otto omicidi in oggetto furono altrettanti "delitti perfetti", per cui gli scrittori che si interessano di storie poliziesche, dopo questo racconto, non potranno non ispirarsi ad essi, considerandoli quantomeno come idea di base, visto che ormai sono in maggioranza i casi in cui "il colpevole" non viene assicurato alla giustizia (non sono sorpreso di aver generato, fino ad oggi, una discendenza di critici anziché di scrittori). Nei romanzi gialli alla fine si scopre sempre chi è l'assassino, qui il giustiziere lo conosciamo fin da subito, e per nostra consolazione e volontà divina rimane impunito.(Spero che anche l'idea frullatami nella testa dalla sigla su una lapidetrovata durante un viaggio...all'estero – BEHA – da cui sono riuscito soltanto a ricavarne un piccolo trafiletto, possa trovare uno scrittore vero disposto ad adottarla).
Anche se tutte le otto storie implicano la morte, in pratica, ho strappato tutte le regole del romanzo giallo.

La "stranezza" dell'innovazione scompare, se si tiene conto della decadenza del nostro sistema giudiziario.

Le loro trame sono la conseguenza diretta di un singolo episodio truffaldino, e se non per ragioni di natura esclusivamente finanziarie, per un'attenta valutazione del fine, più che sulla scelta del mezzo per raggiungerlo. Esse sono così "scientifiche" da esulare da ogni classificazione.

Naturalmente, sia pure in un giallo alla rovescia, alcuni personaggi faranno esattamente il contrario di ciò che ci si aspettava da loro.

Qualche critico ha letto nel mio racconto la paura della morte, niente di più falso, sono un socratico, e non posso non fare mie le sue ultime parole all'atto di bere la Cicuta: "E adesso andiamo, io a morire, voi a vivere, chi di noi avrà una sorte migliore, lo sa solo Dio".

Cominciai a leggere molto presto i gialli, ma chi esercitò la primavera influenza su di me fu mio nonno paterno, nonno Carlo, depositario di una saggezza accumulata nel lungo corso della sua vita."Null'altro che fanciulli di fronte a vecchi",come riferiva Platone, ed è proprio dei fanciulli l'apprendere dai propri anziani.

Nonposso non riconoscere a mio nonno il merito della mia iniziazione,è stato proprio lui ad insegnarmi come a volte le parole contengono delle bellissime immaginisvelando sempre nuove possibilità attraverso giochi etimologici.Maciò che più importa, non è soltanto la somma delle nozioni quello che ho ricevuto da cotanto maestro, ma il modo con cui mi ha reso capace di acquistarne altre nuove, che è insito nell'abito scientifico della mente di chi ha il "desiderio di sapere". Platone dirà, come poi Aristotele, che la filosofia è figlia della "meraviglia"; è appunto non accontentarsi mai del che, ma chiedersi sempre "perché?".

Tanti sono i tipi di virtù, ma cos'è che fa virtù le virtù, che fa giusta la giustizia? Nonno Carlo mi riportò una risposta al primo quesito, ma non ricordo chi ne fosse l'autore: "Dalla ricchezza non nasce la virtù, ma dalla virtù nasce la ricchezza".
Per il secondo quesito ricordo che pensai alle "mazzette".

C'è stato anche un secondo uomo che ha influenzato la mia vita di narratore più di chiunque altro, mio fratello Armando, di tre anni più anziano di me.
In queste storie, il lettore si troverà alle spalle del nostro eroe, in qualche modo a latere, e sarà proprio per questa sua posizione…leggermente defilata, che egli non scoprirà subito, il *modus operandi*, la tecnica usata dal nostro che dà una morte rapida, sicura, e che nessun perito patologo potrà mai scoprire, e capirà di volta in volta che la "giustizia terrena" ha colpitodal respiro profondo e rumorosointerrotto da un gemito animalesco che egli emetterà, una sorta di grugnito, proprio come quello di un maiale, ad indicargli l'avvenutaemorragia cerebrale.

I casi di cui si parla risalgono a molti anni fa, e non per caso diventarono appunto delitti perfetti.
Fatto non troppo lusinghiero per i medici che, in tutti gli otto casi, ne decretarono il decesso per emorragia cerebrale. (Non discostandosi poi tanto dalla verità, ad onor del vero).

Ah, l'amore.Il miracolo dell'amore, propriamente Eros per i Greci e Cupido per i Romani (che in seguito diventerà personificazione dell'amore sensuale), è un momento assai importante di questa storia, se l'ho trattato soltanto alla fine dell'intera vicenda è stato per una ragione di pura opportunità, non avendo voluto distrarre il lettore con una trattazione che, per quanto fosse determinante, avrebbe potuto interrompere la continuità.Del resto, tra verità e invenzione narrativa, io stesso sono stato ingannato da alcune apparenze, se non avessi seguito il mio istinto ne sarebbe invece venuta fuori una storia di gelosia e di odio.

Proprio una presente vicenda dimostra con chiarezza che la gente è capace di addurre le più gravi testimonianze, perché"le ha sentite dire" su qualcuno che si trova coinvolto, suo malgrado, dalle loro calunnie, dato che la sottile distinzionetra vero e verosimile assegna al secondo, e soltanto al secondo, la patente di veridicità. Per questo motivo, "l'opera" appare qui nei rapporti tra realtà, verosimiglianza e sogno.(Quest'evasione nell'irreale, non è per se stessaconquistadi nuove realtà narrative?).

Per tutto ciò, detto nel linguaggio forense, ho voluto attendere il dispositivo delle varie sentenze.

6

Erano uomini d'affari, finanzieri – così si definivano –e, in un certo qual modo, lo erano… anche gli usurai sono uomini d'affari. Lo scopo di chi scrive non è quello di eccitare la fantasia dei lettori, ma di dimostrare che quando la giustizia "divina" vuole, può. Nessuna indagine poliziesca, niente criminali da scoprire, i criminali di questa storia sono tutti morti, sono stati tutti giustiziati. Ho preparato un bellissimo epitaffio per loro:

> La morte, porta la guarigione
> da tutti i mali. Ho trovato un
> bravo medico che mi ha sanato
> dall'ingordigia.

La stragrande maggioranza dei crimini perpetrati sono commessi da persone che uccidono una sola volta, perché proprio non se ne poteva fare a meno. Emblematico è il mio caso,difatti uno soltanto delle migliaia di casi insoluti mi riguarda molto da vicino, quel pedofilo... lo uccisi io.

Il referto autoptico parlò appunto di emorragia cerebrale con fuoriuscita dalle orecchie e dal naso di sangue e liquido cefalorachidiano. Evviva. (Eppure un piccolo errore lo avevo commesso). L'inchiesta della polizia – definita "atto dovuto"– venne portata a termine a tempo di record, il verdetto archiviato aggiunse un altro "mistero napoletano" alla ben nutrita lista di crimini insoluti.

Raccontai ogni cosa al mio amico del cuore, si chiamava Franco, convinto di non aver commesso niente di criminoso.

Il buon Gesù disse: "Guai a chi scandalizza i bambini", e quindi?...

Abitavo a viale Michelangelo in quel periodo, Franco mi approvò incondizionatamente, anzi, aggiunse dopo che gli avevo rivelato tutti i particolari: "Se l'è cavata bene, avresti dovuto lasciarlo a me, lo avrei prima evirato".

Dopo alcuni anni cambiai quartiere, sempre rimanendo nell'ambito del Vomero, restammo in contatto ancora per un certo tempo poi, si sa, le vicissitudini della vita... insomma, ci perdemmo di vista.

Sono trascorsi ormai sessant'anni da... quel fatto (ancora oggi, lo rifarei).

Un giorno, con mio sommo dispiacere, seppi che l'appartamentino di tre camere al terzo piano della scala B da poco da me ristrutturato era stato venduto – avevo fatto un pensierino su quella casetta – chiesi a Pasquale (il nostro angelo custode) chi se l'era comprata, sfogliando la rubrica dei condomini disse: "Un certo ingegnere Francesco Sarno".

Questo nome non mi era nuovo, ma non vi diedi soverchia importanza.

17

Fu una mattina che, scendendo i miei centosessanta gradini quotidiani – abito all'ottavo piano – per la deambulata prescrittami dal mio cardiologo, che aveva "scoperto" in qualche modo la mia cattiva abitudine di alzarmi dal letto e sedermi davanti al computer (un giorno mi fece pure una ramanzina."Tu non puoi alzarti dal letto e sederti davanti alla scrivania", disse, "hai forse dimenticato i tre bypass che ti abbiamo apposto? La mattina devi camminare per non meno di quattro o cinque chilometri, a passo spedito"), nell'attraversare l'androne, vidi fermo davanti alla guardiola un signore con la barbetta. Pasquale mi disse "Signor Amoruso, questo signore è il nuovo condomino, l'ingegner Sarno". Nel girarsi, fu tutt'uno:"Enzo!", "Franco!","Oh Cristo Santo".Mi abbracciò dicendo: "Il mio campione, ho ritrovato il mio amico campione. Don Pasquale, ma voi lo sapete che quest'uomo è un vecchio campione di pugilato? Vinse i campionati campani per novizi che si svolsero a Bagnoli, nella categoria dei pesi gallo, vediamo un po', io avevo quindici anni, lui ne ha uno più di me, dunque era esattamente il 1949. Mi ci accompagnò mio padre a vederli, si svolsero tutti in una sola giornata. Alle dieci del mattino la riunione si aprì proprio col turno del mio campione. Ricordo il tifo indiavolato della folla perché il ragazzo suo avversario era proprio di Bagnoli. Enzo iniziò con una serie di jab per studiarlo, (lo chiamavano il ragioniere quando stava sul ring) mentre il suo avversario si preoccupava soltanto di schivarli e di allontanarsi. Ad un certo punto l'arbitrò fece segno di fermare il conteggio, li chiamò tutti e due al centro del ring, e disse: 'Amoruso e Farace, o picchiate, o vi mando via tutti e due', e subito dopo suonò il gong della fine della prima ripresa. La seconda ripresa iniziò con le urla del pubblico, uno scalmanato in prima fila, proprio vicino a me, disse: 'Dai Fara', non laportarequesta vergogna a Bagnoli'. Il povero ragazzo gli si avvicinò proprio alla giusta distanza, e subito Enzo, dopo a-vergli piazzato un violento sinistro tra il naso e la fronte, partì con un gancio destro devastante alla tempia sinistra, che lo fece stramazzare".

"A quel punto saltasti in piedi, e dicesti: 'È mio fratello', lo ri-cordo bene?".

"Ma io dovetti dire così per giustificarmi, altrimenti quell'omo-ne vicino a me chi lo fermava?".

"Il secondo incontro, erano circa le quattordici, si risolse con un ko alla seconda ripresa. Il terzo, alle otto di sera, finì per abban-dono dell'avversario, sempre alla seconda ripresa. Sai Enzi', proprio l'altro giorno abbiamo parlato di te, Peppino Sacchi si chiedeva se eri ancora vivo".

"Sì", dissi io, "anche se per la verità non lo sapevo, ma come vedi, sono stato un buon profeta.Andiamoci a prendere un caf-fè".

"Appena usciti dal portone, cominciò a piangere".

"Quanta acqua…quanta acqua, Enzo, è passata sotto i ponti,ti devo raccontare una lunga storia, ironia della sorte, il brevetto è tuo. Puoi venire un poco a casa mia?".

"Certo che posso, vado a fare i miei soliti quattro passi per il Vomero, gioco due schedine e vengo, il caffè lo prenderemo su da te".

Lunedì 12/9/2011, ore 10

Lo raggiunsi dopo circa quarantacinque minuti, la casetta la conoscevo bene e, a dire il vero, non mi dispiaceva per niente che
l'avesse comprata lui.
La porta si aprì al rumore del cancelletto dell'ascensore,e Franco disse:"Ciao Enzo", con una faccia seria.Ma mentre lo fissavo
accigliato la sua faccia si aprì in un largo sorriso. Ricambiai il
sorriso, sollevato, mentre ci stringevamo la mano prorompendo
in espressioni goliardiche tanto per ricordare i vecchi tempi.
La casa appariva ancora spoglia, alcuni mobili erano ancora im-
ballati, e sotto l'ampia finestra aveva collocato una scrivania ca-
rica di libri d'ingegneria.Sul lato destro dell'ampia finestra dove
avevo creato degli incassi vi erano stati messi degli scaffali a
giorno che contenevano una collezione di libri di testo e diro-
manzi, sulla sinistra facevano bella mostra due acquerelli identi-
ci ai miei (quando me li regalò disse che li avrebbe rifatti), erano scorci della costiera amalfitana. La parete di fronte alla scrivania era stata già tappezzata di quadri, come una galleria, in
gran parte erano acquerelli dipinti proprio da lui. Tutto indicava
che aveva fatto di quella stanza il suo *sancta sanctorum*.
Ridemmo insieme per alcune altre scemenze.Mise la caffettiera
sul gas, dicendo: "Siediti un momento, tu non sai la gioia che
provo per averti ritrovato, nonostante tu avessi soltanto un anno
più di me, eri il mio idolo, quando uscivamo insieme, vicino a te
mi sentivo protetto, non ci crederai, ho conservato gelosamente
fino a pochi giorni fa il giornale sul quale pubblicasti il tuo primo racconto breve, avevi quindici anni".
Meccanicamente presi una sedia da vicino al tavolo e mi ci sedetti a cavalcioni davanti alla scrivania, come facevamo quando

studiavamo insieme. Mi accorsi che mi stava esaminando mentre diceva:"Ti stai ingrassando".

"Non si può certo dire che tu sei in carne, le tue solite diete maniacali?".

"Diciamo così", mi rispose, mentre... imbarazzato cambiava discorso."Ti ricordi che bella casa grande avevo proprio di fronte al palazzo tuo? Purtroppo, nel comprare questa nuova casa, ho dovuto eliminare qualche mobile e sfoltire la mia libreria, proprio tra i libri tenevo il giornale *Il Risorgimento*. Conoscevo ogni parola di quel tuo racconto, specialmente l'introduzione: 'Questo non è un romanzo', scrivesti, 'né ne ha la pretesa. Questa è la storia di un lungo sogno profetico di un piccolo scugnizzo napoletano', ricordo bene?Adesso siediti qui sul divano e ascoltami. È una storia lunga, come ti dicevo, noi abbiamo un patto di sangue io e te, ma quei tempi ormai sono lontani e non è il caso di rivangare il passato".(Il segreto che esisteva tra noi ci aveva uniti in un legame tanto forte che non poteva essere intaccato neppure dall'enormità di quella colpa, e ancor meno da piccole divergenze della vita in comune. Tuttavia, non ne avevamo mai più parlato, e non sapevo se la sorellina aveva superato quel trauma e cancellato dalla mente il brutto ricordo di quel giorno, fu proprio lei l'oggetto di attenzioni da parte di quel bruto).

"Voglio dirti solo", continuò Franco,"che la mia connessione con te non è mai stata così stretta come durante la nostra separazione.So che scrivi ancora, e vorrei che tu scrivessi la mia biografia, del resto non potrei raccontarla a nessun'altro se non a te, e ne capirai il motivo.Non ho mai parlato a nessuno del mio passato, era un pensiero che mi spingeva a riflettere su una decisione che si andava formando da diversi mesi, dalla quale fino a oggi ho rifuggito. Pensavo che l'unica soluzione sarebbe stata di scrivere io stesso un'autobiografia– appunto per questo non ho mai raccontato niente a nessuno – ma poi ho scoperto di non esserne capace, di non avere la stoffa dello scrittore, mentre tu hai tutti i requisitiper questo incarico speciale.Allora, che mi dici?".

Rimasi leggermente interdetto,consapevole di non aver affatto requisiti particolari, e che la cosa non aveva senso (non avevo fatto mai interviste).

Tuttavia, comprendevo il bisogno di Franco: il suo problema non era trovare buoni consigli, poiché conosceva molto bene il fatto suo, ma qualcuno di cui fidarsi e che afferrasse al volo il suo linguaggio, qualcuno che poi se ne sarebbe "scordato" senza tornare a ricordargli le sue incertezze. In poche parole, aveva bisogno di un amico con il quale riflettere a voce alta, senza il timore che il deferente in ascolto stesse pensando: "Cristo Santo, questo sta farneticando!". E poiché la cosa mi incuriosiva mi ripresi subito, fui commosso dalla sua richiesta, e dissi "Accetto, così potrai fare il confronto tra la storia che avevi pensato di scrivere e quello che invece scriveremo insieme". (Mentre in cuor mio mi dicevo che avrei in questo modo smentito il luogo comune che vuole lo scrittore un essere solitario).

Fu così che avvenne lo sdoppiamento tra autore, relatore irresponsabile(irresponsabile?) e critico.

"Perché mi fido molto del tuo giudizio", furono le sue ultime parole.

Sarebbe stata una bella esperienza, pensai, e mi gettai in questa impresa con coraggio… coraggio che certamente mi sarebbe mancato se avessi pensato di intraprenderla con la precisa finalità di dover scrivere una vera e propria biografia.

"Va bene", dissi, "accetto, ma prima ho una confessione da farti, il giorno che hai comprato questa casa, ne sono stato amaramente geloso, era il mio sogno, e adesso lo vivrai tu, ma nel contempo mi sono reso conto che, se non è potutaessere mia, sono contento di vedervi te. A domani mattina allora, non prima delle dieci, sai com'è... la deambulata".

Mi svegliai di buon ora quel mattino, ancora elettrizzato dal colloquio avuto con Franco il giorno prima.Sgombrai la mente dagli strati nebbiosi del sonno, riportandola ai ricordi del giorno prima. Buttai le gambe giù dal letto e attesi fino a quando sentii l'energia affluirmi dalla testa ai piedi. Era lunedì,la giornata si rivelò insolitamente torrida, aprii le imposte, ma non spirava un alito di vento, il cielo era limpido. Portai il solito caffè a letto a mia moglie, dicendole "Devo uscire presto oggi, dopo la passeggiata tengo da fare un'intervista".

Il mio amore fece passare qualche secondo prima di dire: "Cosa? Un'intervista, e quando mai hai fatto interviste tu?".

Era esattamente la domanda che mi ero posto io, ma pensai che mia moglie avrebbe potuto esclamare: "Veramente, sono sicuro che sarai un biografo meraviglioso", mentre le dicevo "Non cominciamo con le solite tue tiritere, poi ti racconterò".

Le dieci un bacio in fronte, mentre,nascosta dal lenzuolo, aggiungeva "Aspetta che lo racconterò alle mie amiche".

Presi il registratore che mi ero fatto prestare da mio nipote Sergio, l'autore della copertina della mia opera prima *Il giorno che dovremo "perdere"*,e un block notes... ero o non ero un reporter?

9

Trovai Franco già sull'uscio.

"Che ci fai?", gli chiesi stupito.

"No, niente, ho sentito l'ascensore".

"Hai messo a fare il caffè?".

"Subito, capo".

Tornò in pochi secondi al tavolo dove mi ero seduto, mettendo in evidenza il registratore e, prima di iniziare, bevemmo i nostri caffè che, questa volta, aveva fatto con la macchina da bar.

"Regina Anna, fine Ottocento", disse quando vide che stavo ammirando uno scrittoio che si trovava proprio di fronte a me-laccato nero con decorazioni dorate d'ispirazione orientale.

Ci alzammo, aprì la ribalta, e apparvero una dozzina di cassetti-ni bordati all'interno di velluto rosso. Sfilato un cassettino, nella parte bombata era alloggiato un ampio cassetto segreto pieno di piccoli oggetti di cancelleria.

Ero ancora estasiato dalla visione di quel mobile quando ci se-demmo di nuovo, amore a prima vista, pensai, mentre soltanto adesso mi rendevo conto che quegli oli e acquerelli (suoi) erano stati messi insieme per dare importanza a quel singolo elemento. Franco era uno di quegli uomini che al di fuori della sua profes-sione d'ingegnere possiedono una cultura tutta diversa, letteraria ed artistica, che nella sua specializzazione professionale non ha modo di utilizzare, ma ne trae vantaggio la conversazione, inal-cuni momenti arrivavamo alla straordinaria fusione di protago-nista-narratore, come se la voce di Franco, o addirittura le nostre menti, si fondesseroinsieme.

In certi momenti avveniva come se Franco si trovasse in trance e ripartisse da una concezione visionaria, melodiosa e irreale, e più andava avanti e più mi dava l'idea che fosse un medium o un memorialista preciso e realista a parlare per lui.

Quella che mi accennò, quando riprendemmo la vera e propria intervista, fu una delle storie più sbalorditive che avessi mai sentito, eppure, mi parlò con calma, senza mostrare imbarazzo, quasi fosse una cosa di poca importanza. Franco non era mai stato un bugiardo, era troppo serio per permettersi lo. Lo guardai fissamente per cercare di capire se si stesse prendendo gioco di me, la sua espressione era più che seriama era una storia talmente incredibile che in un primo momento mi attraversò il dubbio che Franco stesse scherzando, che stesse fingendo per rendersi importante. Poi lo guardai in faccia e mi resi conto che era estremamente serio. Soltanto per un attimo mi sfiorò l'idea che potesse non essere del tutto sano di mente, mentre con un lieve sorriso diceva "Pensi che io sia pazzo? La pazzia è un dono divino, lo diceva Socrate, e poi non occorre ricordarti, che la maggiore sconfittadi Don Chisciottefu nell'essere rinsavito".

"No", risposi, "non credo che tu sia pazzo, e ti ringrazio per la fiducia che hai avuto in me come 'scrittore'. Ad ogni modo, questo è quanto iniziò a raccontare".

(Questa voltanon lesse la strana analogia che mi venne in mente che convivessero in lui due personalità. Il dottor Jekill e mister Hyde).Intanto, appena si sedette, disse:

"Spegni questo coso".

"Ma".

"Spegnilo,lo accenderai più in là, ti dirò io quando sono pronto, altrimenti comincio a balbettare. Dunque, devi sapere, ma forse te lo ricorderai, che mio nonno paterno, nonno Carlo, era aretino di adozione, mentre in origine la sua famiglia proveniva da Vicenza, ed erano orafi da secoli. Pensa che erano considerati i più grandi consumatori di oro grezzo d'Europa.Nonno Carlo aveva un socio, il dottor Arnaldo Vasselli, persona amabilissima, ex direttore della Banca d'America e d'Italia, un uomo molto facoltoso, sportivo, anni fa vinse il titolo di campione del mondo di tiro al piattello, cacciatore inveterato, aveva una muta di Labrador Retriever da fare invidia che stravedevano per lui, cani da caccia e da riporto, addestrati in Inghilterra; per noi era una persona di famiglia. Il loro pallino, il suo e quello del nonno, era il mercato americano. Non so se ti ricordi che, a quei tempi, una mia zia, zia Licia, sorella di papà, sposò un ufficiale americano e si trasferirono a New York.Già da mesi zia Licia era stata incaricata di trovare un locale da comprare proprio a New York, per una grande esposizione di tutti i prodotti di oreficeria italiani. I primi ad aderire a questa iniziativa, furono Vicenza e Valenza Po".

Io ogni tanto prendevo il taccuino dal taschino e vi annotavo qualcosa, ridendo sotto i baffi (che non avevo)…cominciavo a sentirmi proprio un reporter.

"Fu la Vigilia di Natale che mia zia ci diede la lieta novella. Eureka!!! Ma bisognava fare presto, lei aveva ottenuto un'opzione di sette giorni. Due giorni dopo, era di lunedì, il nonno e zio Arnaldo, così lo chiamavo, partirono dall'aeroporto di Fiumicino per New York. Li accompagnai io con l'auto del nonno, una Lancia Aurelia. Ti sto annoiando?".

"No, però si è fatto tardi, di solito pranziamo alle tredici precise, zio Armando è un cronometro vuole trovare sempre la TV accesa su SKY TG24. Ci vediamo domattina alle dieci precise. Ciao.Ah, per onestà te lo devo dire, il registratore era acceso, e come vedi, non hai balbettato".

Fece l'atto di rincorrermi per le scale.

Non era stato un colloquio confortante, mi resi conto scendendo le scale, con uno sforzo di volontà scacciai dalla mente il ricordo del primo "caso" che dovetti affrontare nel *Giorno che dovremo "perdere"*, allora l'editore era Guida. Dunque, dovevo occuparmi di un secondo caso, anche questa volta sentii scorrermi nelle vene come una spumeggiante euforia, dovevo occuparmi del caso con tutto ciò che prometteva in termini di eccitazione e di interesse umano (la cosa era veramente grossa).

Martedì 13/9/2011, ore 10

Il giorno dopo fui puntuale, dieci precise, a volte sono io che inconsciamente mi creo queste situazioni maniacali, ma abitualmente sono sempre preciso agli appuntamenti.

Questa volta fui un po' più... "professionale", di tanto in tanto lo interrompevo ponendogli delle domande per farmi chiarire alcuni dettagli.

Durante...l'intervista, avevo la strana sensazione che stessimo lavorando in coppia, come due attori abituati da anni a recitare insieme, a riconoscere ognuno le pause dell'altro, e non potevo nonapprezzare l'efficacia delle sue parole che avevano il merito della coerenza e della semplicità.

Ore 10 e pochi minuti.Con le due tazze di caffè fumante sul tavolo iniziammo a "lavorare".

"Il palazzotto sulla quinta strada fece subito innamorare il nonno", disse Franco,"un colpo di fulmine. Il funzionario dell'immobiliare, a uno a uno,gli fece visitare tutti e quattro i piani, che il nonno trovò in ottimo stato, ad eccezione delle varie toilette che andavano completamente ristrutturate. I vari saloni, dal primo al quarto piano, erano complessivamente circa mille metri quadrati, mentre i terranei fecero colpo più di ogni altra cosa sul nonno e sullo zio, avendo saputo che sui marciapiedi della quinta strada vi transitano non meno di cinque milioni di pedoni al giorno – oltre ad avere gli stessi duecentocinquanta metri quadrati, avevano dei locali retrostanti della stessa quadratura.Il prezzo richiesto era di quattro milioni di dollari, che allo zio sembrò equo. (Anche al nonno per la verità). Poiché si erano fatte le nove di sera, decisero di andare a farsi una pizza in una delle cento pizzerie napoletane presenti a New York".

L'indomani mattina, di buonora, si presentarono alla sede centrale della Banca d'America e d'Italia.Nonostante fossero ospiti inattesi, il direttore, che riconobbe zio Arnaldo, si precipitò subito a riceverli. Bastò una telefonata, il direttore della sede di Napoli chiese al suo collega (italoamericano) di passargli al telefono mio nonno, riconosciutane la voce, dopo un breve scambio di convenevoli, disse al collega: "Dagli tutto quello che vuole, e se il caso, anche la banca con tutto il palazzo".Si fece passare zio Arnaldo, scambiò poche parole anche con lui, e si salutarono.

A questo punto Franco propose di fare una pausa per bere qualcosa di fresco, fra le tante bibite che aveva in frigo mi propose una gazzosa che scelse anche per lui. La trovai squisita, ne annotai la marca nel taccuino. Fra un sorso e l'altro, improvvisamente mi domandò:
"Scusami Enzo, ma di te cosa mi racconti?
Il suo tono era…incisivo, un po'come se avesse voluto sondare a fondo il mio cuore.
"Parliamo sempre e soltanto di me".
"Sto bene, continuo a fare sempre le stesse cose, qualche consulenza, la mattina mi alzo, mi faccio la barba, la doccia…".
"Scusami Enzo, non è questo che intendevo".
Ci fu un lungo silenzio, come due estranei che non sanno come attaccare un discorso, e che nessuno di noi due ebbe la forza di rompere.
"Scusami ancora, Enzino, ma…tu, come stai, sul serio".
"Forse vuoi sapere da me come ci si può sentire con un cuore spezzato senza nessuna speranza? Da poco l'ho capito, si va avanti a vivere, il tuo cuore continua a battere e si rifiuta di la-

sciarti morire. Continuo a camminare molto – me lo ha ordinato il medico – ma una parte di me era già morta, e mi chiedevo come avessero fatto altre persone,altre intere famiglie, incappatein una di quellestragi del sabato notte, a superare una cosa del genere.

Quando rientro a casa, i miei occhi corrono istintivamente alle piccole foto nelle cornici d'argento sul pianoforte, era una creatura straordinaria, un ragazzo splendido, quello di cui tutte le mogli e le fidanzate degli amici si innamoravano per far ingelosire i rispettivi uomini, ma nessuno di loro era geloso di Andrea. (Non che non fosse in grado alla soglia dei trent'anni, di portarsene a letto anche due alla volta, ma le amava per quello che erano, le sue amiche dolcissime).Era il migliore (a detta degli stessi amici), era quello che tutti gli altri avrebbero voluto essere. Allora è proprio vero quello che si dice, sono sempre i migliori quelli che se ne vanno.Non riesco ancora a credere a quello che è successo. Ricordo sempre quella volta che a quattro anni era caduto in piscina ed io mi tuffai immediatamente con tutti i vestiti. Quella volta, lo salvai".

"Adesso basta, hai parlato già troppo",intervenne Franco, "quest'argomento misembravatabù tra noi, ma adesso te ne ho parlato e non dovrò più far finta di niente, è proprio quello che volevo sentirti dire: 'Si va avanti a vivere'".Mi abbracciò ripetendo le mie parole: "Andiamo avanti a vivere".

Devi sapere che in America non esiste la figura del notaio, per cui i rogiti, ma forse non dovrei usare questo termine, visto che sono rogati dai notai, insomma gli atti pubblici, vengono redatti dagli avvocati.Pensa che lo studio legale più "fesso" si prende mille dollari l'ora.La mattina dopo, recatisi in banca, trovarono che i quattro milioni di dollari erano già pronti e cointestati, così come si era convenuto,al nonno e allo zio, che impiegarono diverso tempo per retrofirmarli – avevano tutti i conti correnti a firma congiunta.Completata l'operazione, si recarono allo studio legale al quale l'immobiliare che aveva eseguito la vendita faceva capo, lasciando in deposito alla banca il borsone col denaro che fu subito messo in una cassetta del caveau, con la preghiera di mandare un messo appena avessero perfezionato l'atto di vendita. (Lo studio era pressoché attiguo alla banca). Purtroppo, nacque un contrattempo, il titolare dello studio li avvisò che, avendo perso l'aereo da Baltimora, non sarebbe stato possibile perfezionare l'atto prima delle dieci di sera, salvo complicazioni, e che quindi forse era consigliabile rimandare il tutto all'indomani mattina. Ma, dato che il nonno doveva rientrare a Napoli per quella sera, dove avrebbe dovuto presenziare per il contratto d'acquisto di un bellissimo locale in via Verdi (locale che poi comprò il comune di Napoli), fu un funzionario stesso della banca ad accompagnarloall'aeroporto".

12

New York, ore 9

Lo studio legale stava aprendo il grande portale proprio in quel momento, appena arrivato mio zio fece chiamare in banca per far portare il denaro.Dopo pochi minuti si presentò un messo scortato da due agenti della sicurezza, con una valigetta legata al polso da una catena, apertone il lucchetto lo assicurò al polso dello zio, consegnandogli anche la chiave, mentre gli agenti prendevano commiato con un mezzo saluto militare.Quella sera stessa zio Arnaldo telefonò che era tutto a posto, e che si sarebbe trattenuto per qualche giorno per una rimpatriata con alcuni amici.

"Alt, sono le dodici e quarantacinque, a malincuore devo staccare. Se Dio vuole ci vediamo domani mattina, stessa ora".
"Ciao", e spensi il registratore.
"Un'altra volta, mannaggia a te".

13

Mercoledì 14/9/2011, ore 10

Trascorsi due o tre giorni, una mattina nonno Carlo mi chiese:
"Ti piacerebbe andare a New York?".
"Nonno, mi fai svenire".
"Ma sì, forse ci conviene, ho saputo da zio Arnaldo che per ristrutturare bagni e toilette chiedono non meno di un milione di dollari e mi sono detto 'Come è possibile? Dal momento che i bagni da rifare sono dieci, come possono costare tanto!', e ho pensato 'E se i lavori li affido al mio nipotino ingegnere?'".
Mi sdraiai nella poltrona dicendo: "Considerami svenuto".
Il volo TWA 7694 proveniente da Parigi, con scalo a Fiumicino e diretto a New York era in ritardo, il nonno prese una rivista da un contenitore e cominciò a sfogliarla, mentre io ero sempre più incantato da tutto quell'andirivieni di persone che si imbarcavano sui vari aerei, così, a cuor leggero, come se stessero andando a prendere il tram (non avevo mai volato in tutti i miei primi ventiquattro anni). Il nonno, sfogliava distrattamente le pagine del giornale, ma...mi accorsi che la rivista era capovolta proprio mentre chiamavano il nostro volo. Ultima chiamata per il volo TWA 7694, i passeggeri sono pregati di portarsi all'uscita 7.Interdetto, mi alzai, mentre il nonno con voce che voleva far sembrare allegra, mi diceva: "Si parteee" fui punto da un assillo.

Quell'imparaticcio che avevo di psicologia mi stava annientando, e ricordai le parole di Franco: "Laurearsi in psicologia non deve essere tanto difficile, basta solo imparare a trasformare ogni tua convinzione in merito all'anamnesi, ogni elucubrazione, in una domanda che prevede la parola: "perché", e la diagnosi te la spiattella direttamente il paziente dicendoti che cosa si sente dentro. A questo punto non dovrai fare altro che dirgli di cacciarlo fuori, tutto quello che si sente dentro e il gioco è fatto. Già, e se mi fossi sbagliato a farla io,questa diagnosi, preventivamente, pensai, senza nemmeno porre il perché al paziente?

14

Credo di aver dormito durante tutta la traversata, ero ancora appisolato quando si attivarono gli altoparlanti dell'aereo"Signore e signori, è il comandante che vi parla, abbiamo appena iniziata la discesaverso l'aeroporto internazionale J.F.Kennedy dove prevediamo di atterrare tra venti minuti circa. Vi prego di rimanere seduti finché l'atterraggio non sarà completato. In questo momento a New York manca esattamente un minuto per le ore 19. la temperatura al suolo è di 26 gradi centigradi. Vi ringrazio di aver scelto la nostra compagnia e vi auguro un buon soggiorno".

Giovedì 15/9/2011

Era una giornata calda, il sole stava occhieggiando da una coltre di nubi grigiastre, inghiottii l'ultimo boccone del croissant che avevo riscaldato nel fornettoche lo aveva reso fragrante e, non so perché, decisi di deviare dallo schema. Non che fossi un abitudinario, ma stavo per diventare un metodico, e questo non mi piaceva. Mi ero alzato molto più tardi, e al diavolo la camminata solita per quel giorno,il caffè l'avrei preso da Franco.

Quel giorno, prima di avviarmi alla mia meta,sostai brevemente davanti alla vetrata dell'allora Banca Commerciale Italiana osservando la mia immagine riflessa. Quello che vidi non mi dispiacque. Certo, mi dicevo, avevo settantotto anni e non potevo pretendere di essere rimasto tale e qualea quando ne avevoventisette, anche se conservavo il mio portamento eretto.

Insomma, nonostante qualche rughetta che mi solcava il viso, non potevo proprio lamentarmi del mioaspetto.

Mi staccai dalla vetrata, e raggiunsi la vicina pasticceria dove comprai due sfogliatelle da asporto.

Ore 10.10

Franco come al solito stava sotto l'arco della porta ad aspettarmi.

"Hai allungato la passeggiata stamattina?".

"No, l'ho saltata proprio, non ne avevo voglia, il caffè?".

"Siediti e te lo servo"

Mi sedetti e cominciai ad armeggiare col registratore, mentre dicevo: "Hai visto? Ti ho fatto guarire dalla balbuzie, comunque, a scanso di equivoci, questo 'coso' lo metto un poco più distante così ce ne dimentichiamo proprio. Avanti, attacca".

Il dottor Leva ci scortò verso una limousine nera con l'autista che ci aspettava con gli sportelli aperti, loro si accomodarono dietro mentre io, pur essendo aperti gli strapuntini, per una questione di privacy, preferii sedermi accanto all'autista.
Difatti, iniziarono un fitto parlottio in inglese (mio nonno era poliglotta, parlava correttamente quattro o cinque lingue), il mio inglese scolastico non mi permise di capire nemmeno una parola, di quello che dicevano, però mi sembrò di udire: Isole Cayman.
Poiché il percorso verso la banca prevedeva un passaggio a poche centinaia di metri dalla casa di zia Licia, il nonno chiese di fare quella deviazione che ci portò proprio fuori al cancello del giardino della zia, che era intenta a strappare le erbacce. Appena la macchina si accostò, come se avesse già saputo che eravamo noi, (capii troppo tardi che forse lo sapeva) si precipitò nelle braccia del nonno, che nel frattempo era già sceso dall'auto, e si mise a piangere (non compresi quel pianto).

16

Zia Licia mi pregò di restare con lei mentre il nonno avrebbe sbrigato le sue cose, non fui felice di quell'invito, "qualcosa"mi diceva che avrei dovuto stare col nonno.
Mentre la macchina si allontanava, la zia si tolse i guanti tutti inzaccherati, e il camice, e ci andammo a sedere nel patio.
Rimanemmo in silenzio per lungo tempo, quel silenzio inavvertito tra persone con un'idea imprecisa nella testa di cui non parlavano per paura.

Sentivo vagamente che ciò di cui non avevo avuto il coraggio di parlare, stava per venire a galla, finché mi decisi."Senti zia"ma lei scoppiò in un pianto convulso, l'abbracciai ma non mi riusciva di tenerla ferma, mentre, come si dice, per simpatia? Cominciai a piangere anch'io. (Adesso era tutto chiaro lei "sapeva" ma preferii fare il finto tonto e aspettare la venuta del nonno, non ci siamo mai nascosto niente noi due).

Si fece sera, poi notte, ma il nonno nontornò.

L'indomani mattina la zia iniziò a fare una serie di telefonate, ma del nonno nessuno ne sapeva niente. Il marito, zio William, uscì prestissimo, messa alle strette zia Licia mi confessò che era andato alla polizia (lui era stato un alto dirigente della ShorePatrol per molti anni).

Dopo tre giorni d'inferno, la mattina all'alba si fermò un taxi davanti al giardino, e scaricò un vecchio leggermente claudicante che non riconobbi, quello straccio di uomo, era mio nonno.

In quel momento Franco scoppiò in un pianto dirotto.

"Uè, ma che fai, dobbiamo farla o no, quest'intervista, o ci dobbiamo mettere a piangere? Statti buono va', ci vediamo domani".

Non so se piansi anch'io per le scale, o perlomeno non me lo ricordo.

17

Venerdì 16/9/2011

Settembre non è il mese adatto per condurre interviste di mattina, specialmente quando il tempo è bello, e a Napoli il tempo bello lo è spesso, e quindi è poco adatto anche per qualsiasi altra

attività che non preveda di andare al mare, o comunque in vacanza. Ma, "all'amico ritrovato", non si può negare niente.
Prima che iniziassimo a registrare, Franco volle farmi una premessa che comunque annotai nel mio taccuino.

Ti sto raccontando tutto questo, per cercare di portarti nelle condizioni di mente e di spirito in cui mi trovavo io all'epoca dei fatti, del resto, a un certo puntomi son trovato molto avanti sulla via che portava all'attuazione di quel... "desiderio" per poter tornare indietro. Anche perché, sono convinto che sarà di prezioso conforto a tutte le persone che hanno subìto le stesse angherie della mia famiglia. E per darti modo di compatirmi e giudicarmi meglio, Accendi.
Il nonno era febbricitante, tremava come una foglia, puzzava di alcool e non saprei dirti di quali altre cose. Zia Licia, che in gioventù (non che fosse vecchia, aveva poco più di cinquant'anni) era stata crocerossina, non si perse d'animo, riempì la vasca da bagno, e la stanza si riempì di vapori profumati, adagiammo il nonno nell'acqua, e cominciò a fregarlo un po' dappertutto.
Lo zio William telefonò al suo barbiere che ci raggiunse in pochi minuti. Dopo circa un'ora e mezza, il nonno era pronto per andare...a nanna.

18

Zia Licia prese un sacco per rifiuti differenziati, e prima di gettarvi tutti gli indumenti del nonno ci preoccupammo di svuotarne le tasche. Lei prese in mano il gilet e i pantaloni ma le tasche erano vuote. Il pantalone andava comunque gettato via perché aveva un grosso strappo all'altezza del ginocchio sinistro, tutto incrostato di sangue, difatti nella vasca notammo questa ferita che zia Licia definì soltanto una sbucciatura, era evidente che fosse caduto per strada.

Il nonno portava sparse per più tasche del giubbotto alcune mazzette di dollari, ma non ne trovammo nemmeno una.

A questo punto ricordai le parole che diceva mia madre ogni volta che accadeva qualcosa di brutto: "Signore, ferma qua", ma,ma…il Signore non fermò.

"Ciao, ciao, mannaggia. Mi hai fatto fare tardi, è l'una e dieci, chi lo sente ora a zio Armando. A domani (se Dio vuole)".
"Già, se Dio vuole".

19

Giovedì 15/9/2011, ore 10,02

I caffè erano fumanti.
"Ciao Enzino, avrei voluto sentire la mia voce attraverso questo coso, ma non sono stato capace di farlo funzionare".
"Non ci pensare, sentiremo tutto alla fine, dai, attacca".

Trascorsi tutta la notte al capezzale del nonno, di tanto in tanto delirava, ma in linea di massima passò una nottata tranquilla. Io non chiusi occhio, mi ero portato qualche libro da leggere, con quelle lucette notturne che si appuntano proprio vicino alla copertina, mi rilessi quasi tutto il secondo volume del Don Chisciotte. Intorno alle quattro del mattino, cominciai a ripensare ad alcune mie deduzioni e a ripercorrere il corso dei miei pensieri.Più spesso di quanto si pensi è un'occupazione molto interessante, e chi la sperimentasse per la prima volta non potrebbe non rimanere stupito dalla facilità con cuisi riesce asintetizzarli in così pochi minuti nonostante l'enorme distanza tra il punto di partenza e quello d'arrivo.In questo stato d'animo, riflettevo spesso sull'antica filosofia socratica, che parlava dell'anima e del suo doppio(nel mio caso: il muratore e lo scrittore).

Scusami per la divagazione, e procediamo.

Mio zio Arnaldo aveva preso da circa tre mesi una nuova segretaria.Quando mamma la conobbe – le donne hanno un sesto senso per certe cose – mi disse: "Detto fra noi,è troppo bella per fare da semplice segretaria".

Aveva gli occhi verdi e, quando ci incontrammo la prima volta, ne fui subito affascinato.Era difficile fingere di non vedere quegli occhi di un'incredibile verde mare, quei lineamenti squisiti, il corpo perfetto. Portava una camicetta bianca a collo alto che la facevano assomigliare a una giovane principessa in una fotografia di epoca vittoriana. La visione di quella deadella bellezza era offuscata dalla presenza di "zio"Arnaldo, mentre Lena col suo sguardo sembravachiedermi aiuto. Quando si allontanarono pensai che non avrei mai dimenticato il sorriso della donna più bella che avessi mai visto, e non mi pareva che zio Arnaldo sirendesse conto della sua fortuna. Questa breve emozione della mia vitame la sono portata nell'anima ormai per oltre due anni.

Verso l'alba, il nonno, ancora mezzo assonnato, Chiese:"Che ore sono?".

"Sono le sei, nonno".

Al sentire la mia voce, disse:"Franchino, vieni vicino a me, ti devo dire una cosa,è un segreto che dovrà rimanere tra te e me. Forse possiamo ridurre di molto il danno, devi sapere che circa venti anni fa comprai dei diamanti provenienti dal Belgio, me li propose mio fratello Luciano, diamantiereproprio di professione, aveva con lui uno dei migliori tagliatori d'Europa, che Dio lo benedica dove si trova adesso. Le definì, ed era la verità, pietre cadute dal paradiso sulla terra. Erano una novantina di pietre di vario taglio, pensa che la più piccola era di due carati.

Spesi, allora, una fortuna. Insomma, vedrai che quando rientreremo a Napoli, sistemeremo ogni cosa, anche se con mio grande rammarico".

Poiché il nonno non era presentabile in quelle condizioni, decidemmo, con somma felicità di zia Licia, di rimanere finché non si fosse ripreso completamente.

Da quel giorno diventai complice di mio nonno. Intanto mi disse:"A casa nessuno dovrà sapere niente, per il momento, poi si vedrà". Mi disse pure di telefonare a papà e dirgli che l'affare era sfumato, e che saremmo rimasti in loco perché l'immobiliarista aveva altre soluzioni da proporci, e che comunque non saremmo rientrati prima di dieci o dodici giorni.

E difatti, il decimo giorno zio William ci trovò, per puro caso – c'era stata una disdetta – due posti sul volo KLM 1626 diretto a Roma.

20

A Roma trovammo papà che era venuto a prenderci con l'Aurelia del nonno.

Mi sembra inutile aggiungere che per il viaggio di ritorno mio padre mi cedette il volante, ero stato l'istruttore di tutta la famiglia.

Durante il volo di ritorno nonno Roberto aveva accusato alcuni dolorini al torace, che si ripercuotevano alle spalle e alle braccia, avevo un piccolo porta pillole con due Carvasin – due anni prima avevo avuto un piccolo intervento di angioplastica – dissi al nonno di metterne una sotto la lingua.

"Ma che è, adesso sei pure dottore?".

"All'occorrenza", risposi.

Dopo circa tre minuti, disse:"Uè, ma questo è dottore davvero, mi è passato completamente il dolore".

Accostai al primo motel adducendo un'esigenza fisico-idraulica (come diceva Totò). Mentre loro si sgranchivano un poco le gambe – non vollero entrare per un caffè, l'avevamo preso poco prima alla partenza – dalla toilette chiamai il mio cardiologo.Dai sintomi che gli esposi, sapendo che eravamo a pochi chilometri di distanza, mi disse di raggiungerlo subito a Mercogliano, dove lui si trovava in quel momento.

Uscii al casello di Avellino ovest.

"Ma che hai fatto", disse il nonno.

"Niente, devo salutare un amico".

Raggiunta la clinica MonteVergine, appena il mio amico dottore lo vide, lo fece ricoverare nell'unità coronarica.

Dopo circa un'ora venne da mio padre a dirgli che era il caso di fare una coronarografia, e che l'aveva già prenotata per l'indomani mattina. Nel frattempo gli stavano facendo dei prelievi.

"E mi hai fatto fare tardi per l'ennesima volta, statti buono, va'. Ciao, ci vediamo domani mattina".

21

Venerdì 16/9/2011, ore 9. 48

"Ciao, Enzi', tutto a posto?".

"Diciamo così".

Avevamo preso una camera doppia a pagamento (fummo fortunati perché si liberò proprio quella mattina), anche quella notte volli restare col nonno e, per la verità, dormimmo saporitamente come due angioletti (anch'io mi ero un poco rilassato per la notizia dei diamanti). Erano circa le sei del mattino, quando fummo svegliati da un leggero tocco di nocche vicino alla porta, toc toc, che si schiuse piano piano.

Nella penombra intravidi un camice bianco, e poi…e poi la faccia di zia Licia, Scattai dal letto come una molla, per toccarla, ed essere sicuro di quello che vedevo, mentre lei mi stringeva forte forte, dicendo:"Come potevate pensare di passarla liscia tutti e due?".

Proprio in quel momento un tocco alla porta, questa volta un po' più vigoroso, che contemporaneamente si aprì e comparvero due infermieri con una barella. Caricato il nonno, dopo baci e abbracci, se lo portarono in sala operatoria.

Rimasti soli, la zia mi disse che era stato mio padre a informarla del ricovero, la sera stessa, e che chiamato il marito, gli aveva detto"Adesso mi devi far vedere che cosa sei capace di fare. Io domani mattina, all'alba, devo stare vicino a papà in una clinica vicino a Napoli".

"Ah", rispose zio William,"la signora desidera nient'altro?", mentre prendevada una mensolail telefono.

Dopo un silenzioso parlottio, allungò una mano, e presa una sorta di beauty case dall'armadio lo buttò sul letto dicendole:"Mettici due cose da femmina, due mutande e una vestaglia, e se non sarai pronta in cinque minuti, non se ne farà niente".

Nel tragitto tra casa e aeroporto lo zio le disse:"Veramente io per questa sera avevo fatto un altro programma, ma, come si dice, più lunga è l'attesa più è dolce l'impresa.Vai,vai".

Arrivati all'aeroporto J.F.Kennedy trovarono un aereo dellaPan Am che aveva ritardato di pochi minuti la partenza per cause tecniche (lo capirono tutti i passeggerei il motivo del ritardo) e mentre due signori si chiedevano chi poteva mai essere quella signora, una vecchierelladisse: "Sarà una parente del pilota".

41

Mentre l'aereo rullava, zia Licia telefonò a zio William, dicendogli:

"Sentimi bene professo', quando torno a casa ti devo dire una cosa".

"Sai che cosa mi rispose quello spudorato?".

"Io penso invece che tu mi dovrai dare, una cosa", e ci mettemmo a ridere tutti e due. "Ok", aggiunsi, "messaggio ricevuto, passo e chiudo. Ciao".

"E anche per oggi abbiamo finito, ciao ciao, ti saluto, ci vediamo lunedì, domani è sabato e abbiamo deciso di fare un fine settimana a Positano, io e la mia compagna".

"La tua compagna?".

"Si fa per dire".

22

Lunedì 18/7/2011, ore 10

Mio padre mi svegliò alle sei, dicendo: "Caffè?".

"Papà, ma che ore sono?".

"Sono le sei, e dobbiamo andare dal nonno".

Arrivati a Mercogliano – vi giungemmo intorno alle otto – comprai due giornali, *Il Mattino* e *il Sole 24 Ore*, di cui il nonno era un lettore abitudinario.

Zia Licia ci diede subito la brutta notizia. Il nonno aveva l'aorta fuori uso e delle stenosi coronariche, insomma doveva avere un intervento di bypass, e secondo i medici la degenza sarebbe durata non meno di dodici giorni.

Erano le parole che volevo sentire, dodici giorni, tanti me ne occorrevano, invitai la zia ad accompagnarmi giù al bar a prendere qualche cosa, al suo diniego, perché aveva preso un cappuccino e un croissant pochi minuti prima che arrivassimo, le feci l'occhiolino, dicendole: "Va bene, accompagnami lo stesso così farai pure due passi". Sentito che papà non voleva niente, ci avviammo giù per le scale, e raggiungemmo quello splendido viale nei pressi dell'ingresso della clinica.

"Zia, ascoltami bene", le dissi, "io ho fatto alcune indagini, per cui avrei necessità di fare un viaggio a Cuba, che ne pensi?". La zia, che era un poco più scollata di me, mi guardò fisso, e disse:"AMaronn t'accumpagn, foss l'anima e chella bella mamma mia, che così risolvessimo qualcosa".

"Tu dici al nonno che sono andato a Milano per un concorso, e che non so di preciso quando ritorno".

A questo punto, debboparlare della bella Elena, Elena la troia.

Devi sapere che la signora era ospite da almeno sei mesi (vale a dire da quando ha iniziato a lavorare con quella merda di Arnaldo) di un B&B (Bed and Breakfast) vomerese.

Capirai, sono nato al Vomero, e non potevo non conoscere quella famiglia, difatti, eravamo addirittura amici d'infanzia.

Appena il mio amico mi vide, disse:"Uè Franchino, qual buon vento ti porta da queste parti?".

"Mimì, tu mi devi fare un grande favore", risposi.

"A esposizione",rispose lui.

Erano i due intercalari che usava ormai da una vita: "qual buon vento" e…"a esposizione".

"Ho bisogno di alcune informazioni su quella bella signora tua ospite, Elena Mayo".

"Pure tu".

"Perché?".

"Nooo…niente. Intanto, non mi pare che si chiamasse proprio così, ad ogni modo, mo' ti faccio parlare con mio figlio Luigino, che l'ha conosciuta 'molto bene' – capiscimi – Luigino è nubellu guaglione".

Chiamato, Luigino, che mi conosceva da tanto tempo, mi salutò per la verità, con un po' troppa deferenza (era timido"'o guaglion")

"Buon giorno signorFranco".

"Intanto togli questo signore da mezzo, io per gli amici mi chiamo Franco, e basta".

"Allora, Franco, come posso esserti utile?".

A questo punto s'intromise Mimì.

"Giggì, sient a mme, vattene dentro allo studio con il nostro amico Franco, e digli tutto quello che vuole sapere. Fra due minuti vi porto anche due bei caffè".

23

"Dunque, caro Franco, intanto la 'signora' non si chiama affatto Elena Mayo, come hai detto tu, ma Maddalena De Maro, detta Lena (forse sei tu che hai anteposto quella è di troppo),ho ancora la fotocopia del passaporto".

"Dopo gentilmente me ne fai una copia?".

"E perché no? Se vogliamo cominciare tutta la storia dall'inizio,intanto la signora è partita".

"È partita, e dove è andata?".

"È andata a Cuba, col suo fidanzato, quello è un bancario,ha detto che è stato trasferito all'isola Grand Cayman, all'agenzia del Credito Italiano.

Ti stavo dicendo, te la ricordi quella ragazza che tanto tempo fa a Roma adescava nientedimeno che guidando una Porsche? Ebbene è proprio quella, ne parlarono pure alcuni giornali.

Il fidanzato è bancario, come ti dicevo, si chiama Aldo, o perlomeno lei così lo chiamava.

Pernottava qua tutti i sabati – noi tolleravamo – ma per la verità non hanno mai dato fastidio.

È una donna bellissima, e questo è fuori discussione, siamo stati serate intere a 'parlare' insieme, ti ripeto il fidanzato veniva solo il sabato.

È stata molto sfortunata, i genitori vivono separati, la mamma aveva un compagno, un commendatore pieno di soldi, faceva l'infermiera, era caporeparto all'ospedale Ascalesi, una sera, era il suo compleanno, compiva diciotto anni, il commendatore si presentò a casa con una bottiglia di spumante,per festeggiare. Lei non aveva mai bevuto alcolici in vita sua, e dopo averne be-vuto due coppe, dietro insistenza del commendatore, le vennero dei capogiri, il commendatore, presala in braccio, la portò in camera da letto e…e la deflorò (era ancora vergine)".

24

Per non fartela troppo lunga, la ragazza disse tutto alla mamma (sul letto vi erano ancora ampie…prove). Per evitare lo scanda-lo, il commendatore le regalò la Porsche che tanto le piaceva.

Ma fu la reazione della mamma, piuttosto blanda, a farle sospet-tare che in questo modo l'avesse venduta al commendatore. Gli avesse venduto la sua verginità. A una timida rimostranza che le rivolse, si sentì dire:

"Ma che vuoi, l'hai avuta la Porsche, e che altro vorresti? Tuo padre non mi diede proprio niente quando gli donai tutta me stessa".

"Mamma, ma tu mi hai sempre detto che era stato un matrimo-nio d'amore".

"L'amore, te lo do io l'amore: un'ora, un'ora soltanto di vento, e sotto a chi tocca, che cosa ho avuto io dalla vita, niente".

"Mamma, hai avuto me".

"Bella consolazione, per essere giudicata. Ma è bene che tu lo sappia, io quando sto incazzata devo fottere".

"Mamma, chiudi quella bocca, tu sei pazza".

"Sì, sono pazza, sono una pazza isterica, me l'ha detto il medico, isterismo sessuale, così lo ha chiamato, e sai di chi è la colpa? Vai, vattene dal tuo bel papino, voglio che non mi rimanga proprio niente di lui".

"Mamma, a te ci vuole un esorcista".

"Non parlarmi di preti, l'altra mattina quando sei andata al mare lo sai chi è venuto a trovarmi? È venuto il parroco, aveva solo un minuto, così ha detto, era venuto per confortarmi per l'abbandono subito da parte di tuo padre, sapeva che ero sola, un minuto solo, e mi ha pisciato fino a dentro l'anima prima di scappare come un ladro di strada, uno scippatore, doveva dire messa".

Non fece che piangere tutta la notte, può finire così l'amore di una mamma?

La mattina dopo, poco prima del sorgere del sole, senza fare rumori – la valigia con le sue poche cose l'aveva preparata la sera prima – aprì di soppiatto la porta, e da quel giorno la mamma non l'ha vista più.

25

Si rifugiò a casa di un amico, ma ormai la decisione era presa, sarebbe diventata una ragazza squillo, avrebbe voluto fare la prova generale proprio quella sera, donandosi gratis al suo amico, ma lui la tenne abbracciata per darle conforto, era gay.

Aveva deciso che comunque non avrebbe accettato di "battere" per la strada, ma solo di fare da segretaria accompagnatrice, non più di una volta la settimana, e solo dietro un compenso adeguato alla sua bellezza. Detto fra noi, valeva qualsiasi cifra, anche se, parlare di cifre vicino a una donna simile, è una blasfemia, Aveva una peculiarità rarissima in una donna, e per giunta, una donna che esercita quell'arte. Non fingeva, non fingeva piacere, non fingeva orgasmi, non ne aveva bisogno. Ogni volta, dava e prendeva.Avrai capito tutto ormai, ma non importa, ecco perché, quando poi tutto svanisce e ti distendi, si usa dire "il riposo del guerriero". Non c'è prezzo. Un uomo sogna tutta una vita quella contemporaneità, quella contemporaneità così difficile, che allo sgorgare di quell'umor... quell'umor organico dal settimo cielo, fresco e tiepido insieme, ti fa sentire appunto un guerriero. Potresti anche morire in quel momento, ma non ha importanza, si sa, in amore, e in guerra, si può morire.Tutto questo non potrai mai provarlo in una donna normale, in una dolce onesta e sincera donna normale. L'aveva giurato a se stessa, due anni, due anni di questa "attività", e avrebbe cambiato città, cambiato vita, e sarebbe diventata una moglie, e una mamma, premurosa e fedele. Ne era sicura, così sicura che lo aveva giurato anche al suo papà, aveva tredici anni quando... "per forza maggiore" si separò dalla mamma (se ne andò a Londra, dove vivevano due suoi fratelli).Mentre si salutavano tenendosi stretti, gli disse: "Ti porterò a conoscere i tuoi nipotini un giorno, lo giuro, ciao, nonno, papà, ti voglio bene.(Questo mi raccontò, e io le credetti).

26

E ti dico un'altra cosa, anche come segretaria era bravissima, molto istruita, ha fatto il liceo classico, ma soprattutto, era una maga al computer, una sera mi trovò che bisticciavo col mio portatile, stavo quasi per scaraventarlo giù nel cortile, quando lei mi disse:

"Ma, scusa Franco, che stai combinando?".

E cominciò a far volare quelle mani sulla tastiera, mi sembravano ali, piccole ali implumi di un essere divino, in pochi secondi recuperò tutte le operazioni che avevo fatto, e che credevo di avere irrimediabilmente perdute. Non ci crederai, mi commossi al pensiero di una donna così bella, e così brava, un angelo, ah, Cristo, Cristo, perché?…

Ah, dimenticavo.

"Io non me ne sarei dimenticato".

"Se aspetti un attimo vado a prendere la fotocopia del passaporto, e ne faccio una copia pure per te, anche se, per la verità, a me non serve più, e… e quindi puoi tenerti proprio quella".

(Impiegò un poco troppo tempo per tornare con la "fotocopia" se ne dovette fare più di una di copie, e se quel poco di nozionismo che mi sorregge in fatto di psicologia non mi tradisce, ne era stato innamorato).Per me fu una manna dal cielo, non avevamo alcuna foto di quella stronza (a questo punto sono quasi dispiaciuto di aver usato quest'epiteto).

"Sai, le feci io il biglietto per l'aereo".

"Ah, allora lo potresti fare anche per me?".

"E perché no, quando vuoi partire?".

"Anche domani, se è il caso".

"Vediamo un po' Roma, Roma, Roma, ah, ecco qua: Roma-Cuba. Aerolinas Argentinos AR 1141. Partenze da Roma tutti i martedì e venerdì.Ore 19".

"Vada per domani, se è possibile".

Cominciò ad armeggiare sul computer.

"Dammi la carta di credito…".

E in men che non si dica, venne fuori un bellissimo biglietto rosso e blu, dal fondo bianco.

"Tieni", mi disse, "con questo puoi andare direttamente a fare il *ticket*, e buon viaggio. Ricordati: aeroporto di Fiumicino, e devi arrivare almeno due ore prima".

"E con questa bella parlantina che hai, mi hai fatto fare stratardi questa volta, meno male che Armando oggi mangiava fuori casa. Ciao, a domani".

27

Martedì 19/7/201.ore 10

Quella mattina mi svegliai verso le sei, come al solito. Impaziente, mi alzai, feci due passate di barba, una doccia, più fredda che calda, e alle sette ero già bello e pronto. Era un po' prestino per la verità, dato che l'aereo l'avevo per le diciannove, ma decisi lo stesso di partire, avrei fatto quattro passi per Roma.

Per le scale incontrai Federico che faceva le pulizie, mi fermò dicendo:

"Ieri pomeriggio, sul tardi, è arrivata una raccomandata per vostro nonno, la posso dare a voi?".

"Sì, sì, dammela".

Nel taxi (la sera prima avevo lasciato l'auto in un garage della ferrovia perché c'era un blocco stradale, e proseguii a piedi) non resistetti, e l'aprii, era del Credito Italiano.

Gentile cavalier Sarno,
lei è uno dei clienti storici della banca, uno di quei clienti che ogni direttore di banca sarebbefelice di annoverare tra i suoi.
Le sue recenti vicissitudini ci hanno colpito profondamentee, ancor più, l'offerta di mettere a nostra disposizione il suointeropatrimonioimmobiliare.

Sono gli uomini del suo stampo che hanno fatto la storia.

Mantenendo immutata la nostra stima, siamo allibiti dalla sua offerta di concedere in garanzia anche quella parte dipatrimonio che non era stato impegnato in precedenza atestimonianza della sua buona fede e della volontàdi onorare tutti i suoi impegni.

Noi non avremmo mai osato chiederle tanto, si rimettapresto in salute e vedrà che tutte le cose si sistemeranno.

Sappia intanto che la palazzina quadrifamiliare di via Tasso è più che equa per la garanzia che lei ci ha offerto e che la direzione generale le concede dieci anni di tempoper il rientro dalle sue esposizioni.

Un caro saluto da
Marco de Joannes

Ripiegai la lettera e la misi in tasca ripromettendomi di parlarne con zio Luciano per telefono.

Raggiunsi il raccordo anulare intorno alle dieci, e preferii proseguire direttamente per Fiumicino, dove vi giunsi alle dieci e trenta.

Parcheggiai l'auto (sempre l'Aurelia del nonno) in un posteggio sotterraneo, l'avrei trovata bella fresca al ritorno.

In un'edicola di giornali comprai un paio di riviste di enigmistica, e *Il Mattino* di Napoli.

Scorso tutto il giornale, si erano fatte le dodici e trenta, andai al bar e mi feci confezionare un bel maxi toast con prosciutto e formaggio, e ordinai una birra media, che portai a un tavolino.

Terminato il pranzetto rustico, tornai al bar, e feci mettere nel conto, che pagai, anche un caffè da asporto, che portai con me e posai su un tavolinetto di cristallo davanti al divano dove mi sedetti.

A quel punto, mi sarei fatto volentieri una pennichella, ma il terrore che potessi perdere l'aereo, e le parole da mettere in croce, mi tennero sveglio, fin quando non udii: "Dindon, volo Aerolinas Argentinos AR 1141, i signori viaggiatori sono pregati di avvicinarsi al varco nove, cancello sette".

Salita la scaletta, ci trovammo in un lungo corridoio sospeso, che ci portò direttamente al grande sportello dell'aereo. Una bellissima hostess, informandosi se ero solo, mi pregò di seguirla, e mi portò direttamente alle poltrone di prima classe (non ricordavo che Gigino mi avesse fatto il biglietto di prima classe), alla mia titubanza la bella hostess disse;"Non si preoccupi, abbiamo una piccola disponibilità". Mi spaparanzai in una di quelle poltrone, e mi addormentai di botto.

28

Questa volta mi svegliai poco prima dell'annuncio del comandante, e dell'accorrere, fu proprio questa l'impressione, della bellissima hostess che aveva visto stiracchiarmi, con una fumante tazza di caffè. ("Potere della prima classe", pensai), mentreil comandante annunciava: "Signore e signori, sono il comandante, vi comunico che abbiamo iniziata la discesa verso l'aeroporto internazionale di José Martí, l'atterraggio è previsto per le ore sette antimeridiane, la temperatura al suolo è di trenta gradi, nel ringraziarvi per aver scelto la nostra compagnia vi comunico anche che l'aeroporto si trova poco distante dalla capitale, L'Avana. Vi auguro un felice soggiorno".

Appena messo i piedi a terra, mi recai nell'ufficio di cambio dello stesso aeroporto. Mi ricevettero con molta cortesia, ci accomodammo a una scrivania.Quando sentirono che ero italiano, mi fecero spostare a un'altra scrivania poco distante dove vi lavorava proprio un funzionario italiano (milanese)."Toh", pensai, "questa volta niente napoletani!".

Fu molto gentile, mi descrisse le varie monete:

"La valuta principale qui è il peso cubano, il CUP, convertibile in CUC.I CUP sono conosciuti come "MonedaNacional" al cambio valgono mille lire circa.Come carte di credito qui si usano la Visa e la MasterCard.Lei dove ha previsto di soggiornare?".

"Mi farebbe piacere andare alla Grand Cayman".

"Ottima scelta, la migliore direi. Vi si servono i migliori drink del mondo, sono tre i più in voga. Il Cubalibre (rum e Coca), il Daiquiri, e il Mohito".

"Per raggiungere l'isola?".

"Non ci sono problemi, dal porto di Cuba partono navi traghetto a tutte le ore".

Cambiai alcune centinaia di dollari, e lo ringraziai per la sua gentilezza.

Passai tutta la giornata in giro per Cuba, a un certo punto, stanco di camminare noleggiai una bici taxi, lo conduceva un giovane molto prestante, si chiamava Luis, di tanto in tanto ci fermavamo per prendere qualcosa da bere, alla prima fermata prendemmo due Coca Cola che pagai due CUC.

Verso le dodici facemmo un pranzetto leggero, che mi costò dieci CUC.

29

La sera mi feci lasciare nei pressi di uno dei porti (ve ne sono sette a Cuba).Quando mi recai alla biglietteria generale, scelsi quella di Cienfuegos, perché era in partenza entro pochi minuti la nave traghetto per la Grand Cayman dal nome che mi ricordava qualche cosa, ma non so dire cosa:Pablito Calvo. (Gli altri porti erano: l'Avana, Manzanillo, Moriel, e... non ricordo il nome degli altri tre).

Sulla motonave incontrai di nuovo Luis, era andato in trasferta per un giorno a Cuba, mi diede il suo recapito che si trovava proprio adiacente il porto di Grand Cayman.

Appena sbarcai sull'isola, mi si avvicinò una signora che mi consigliò una casa famiglia, che si trovava lì vicino. Poiché ero sfinito, mi ci lasciai condurre. Stavo per mettere mano al borsellino, ma mi fermai in tempo quando capii che la simpatica signora era la proprietaria del B&B.

Dalle cucine usciva un invitante profumino, quando la signora (Julia) mi vide aspirare disse:

"Coquitoacaramelado, señor".

"Ah, me gustaria".

(Era uno squisito cocco caramellato) e qui finiva il mio spagnolo, se si eccettuano: *Buenos dias* e *Buenasnoches*). Per quanto il napoletano ha molto a che vedere con lo spagnolo, vedi: *migo* (con me),*tigo* (con te) o *zarzuela*, per dire "gran confusione" ecc.

All'improvviso, nella sala – eravamo almeno una quarantina di commensali – entrò una musica, una melodia che sembrava scendere direttamente dal cielo, un trio di chitarre, e una bellissima mora dagli occhi verdi, che cantava.

Entrando stavano già cantando *It'smy life* di Bon Jovi.

Dopo un uragano di applausi, attaccarono *Warning* dei Green Day.

Poi, ci fu un silenzio di tomba, forse era fatto ad arte, nessuno parlava, mentre quello che doveva essere il capo dei chitarristi, la chitarra solista, adagiò la sua chitarra su una panca mezza nascosta da una tendina, ed estraendone un mandolino, iniziò una sorta di arrangiamento di *Torna a Surriento*, la cui melodiosità mi fece venire un groppo alla gola, e accapponare la pelle.

Non lo so se mi uscì qualche lacrimuccia, non me lo ricordo. Dopo altri infiniti arrangiamenti di canzoni spagnole e napoletane, da *La Paloma* a *I' te vurriavasà*, per finire con *Oi vita, oi vita mia*, probabilmente in mio onore.

La signora Julia fece l'atto di spegnere e riaccendere la luce, si erano fatte le due di notte e nessuno di noi se ne era accorto. Quei quattro ragazzini ci avevano fatti andare in estasi, ci avevano incantati. E non era finita qui, quello spegnere e riaccendere la luce doveva essere stato un segnale convenzionale, perché entrò un signore, un poco paffutello, che fece un segno quasi inavvertibile ai tre chitarristi che si erano rincantucciati in un angolo, che iniziarono a suonare *O sole mio*. Alle prime parole: "Che bella cooosaaa, najurnata 'e soleee", partì subito un applauso, ma lo stoppammo, e nessuno di noi fiatò più, rimanemmo estasiati.Fu sul finale, quando terminò con l'acuto: "Sta 'n frooonte a teee" gli applausi furono fragorosi, e interminabili, e poi strette di mani, finché non uscì la signora Julia con la scopa in mano nell'atto di cacciarci via. Forse pure questo era convenuto, ma non fa niente, ho passato una serata indimenticabile. Non per metterla sul venale, mentre tutti si allontanavano per rientrare nelle proprie camere, misi una banconota arrotolata nella manina di quella ragazzina, perché tale era, una ragazzina, aveva appena "sedici años", così disse, quando glielo chiesi. Ah, il tenore era Paco Garcia Jmenez, il marito della signora Julia.

"E questa volta mi hai fatto fare ancora più tardi, meno male che avevo avvertito mia moglie che mi sarei trattenuto un poco in più, lo presentivo. Ciao, ciao, a domani, e se è come penso, domani faremo notte".

Mercoledì 20/7/2011, ore 10.07

Ci ritrovammo quasi tutti l'indomani mattina nel salone ristorante per la prima colazione, ancora si parlava della bella serata
trascorsa. I ragazzi del complessino stavano facendo man bassa
di croissant, e si ritirarono nel loro solito cantuccio (avevano il
loro tavolo fisso).
Appena finito di bere il caffellattemi venne l'idea di far vedere
le foto di "Elena" e "zio" Arnaldo, ai ragazzi.Mi avvicinai, facendo ancora i complimenti per la bella serata che ci avevano
fatto trascorrere, e mostrando loro le fotografie. Purtroppo, nessuno di loro quattro si ricordava di aver visto quelle persone.
Prima di riporle nel borsello, pensai di mostrarle anche alla signora Julia, che in quel momento stava in un piccolo gabbiotto a
vetri.
Era intenta a sistemare forse dei conti, e preferii fermarmi sulla
porticina per non disturbarla, ma appena si accorse di me, si alzò, dicendo:"Ingegnere", voleva parlare con me, "in cosa posso
esserle utile".
Intanto la pregai di risedersi subito, mentre io mi avvicinavo a
una poltroncina messa proprio davanti alla sua piccola scrivania.
Appena seduto le mostrai le foto. "No, non credo di averli visti,
e pure io sono una mezza poliziotta, sarei un'ottima testimone
oculare se mai mi capitasse di assistere a qualche reato".
"La ringraziai", e uscii al bellissimo sole di Grand Cayman.
Conoscevo la dislocazione della banca Coop delle Isole Cayman dove furono negoziati gli assegni circolari. L'avevo adoc-
chiata il giorno prima, era a due passi dalla casa famiglia in cui
alloggiavo.

Davanti alla banca erano fermi due "corazzieri", dovevano essere agenti della sicurezza.Nell'avvicinarmi dissi:

"Scusate…".

"Uè,paisa'", disse uno dei due.

"Scusami veramente tu", aggiunsi, "ma come cavolo hai fatto a sapere che ero napoletano?".

"Sai che è", ricambiandomi il tu."Innanzi tutto è stata la cadenza, e poi qua tutt'al più dicono: 'Scusi'".

Glichiesi di dov'era.

Mi rispose:"Sono di Gragnano".

"Ah, ah", dissi io, "'o paes do vin buon".

"E lo sapevo che avresti detto così, in tutti i modi, io sono originario di Gragnano, ma a dodici anni papà si trasferì a Napoli, sopra al Vomero e ci sono rimasto fino a trent'anni, poi venni con amici qua un'estate, e qua siamo rimasti. Io e il mio amico…a proposito non ci siamo nemmeno presentati. Luca, a servirvi, e il mio socio Giovannino".

"Direi Giovannone", aggiunsi io.

"Abbiamo fondato un'associazione di guardie giurate che conta più di duecento agenti, in questi giorni stiamo studiando un nome significativo da dare alla nostra società, ma nisba… non ci viene. Ma di te non ci dici niente?".

"Adesso dico prima di voi, intanto con questi bei nomi, Luca e Giovanni, perché non la chiamateGli Apostoli?".

A quelle parole rimasero basiti, Giovanni stava per dire:

"Per la Mado…".

"Uè", lo bloccai, "non bestemmiare".

"Ma tu chi sei", intervenne Luca, "un professore? Qua sono tre mesi che stiamo sbattendo la testa, e arrivi tu, fesso fesso, scusami sai è un modo per dire 'ingenuamente', e hai detto due pa-

role che ci hanno fatto venire i brividi. Affare fatto. Gli Apostoli".

32

"Tanto per cominciare", gli dissi, "vuoi sapere una cosa, mi pare
proprio che stiamo recitando in una commedia di Scarpetta, te la
ricordi La Scarpettiana?".
"E comm no, 'o teatro San Ferdinando, in quella traversina di
via Foria, ho saputo che Eduardo lo ha donato al comune di Napoli".
"Esatto. E adesso se lo vuoi sapere, io mi chiamo Franco, sono
ingegnere, e sono del Vomero, tu sei oriundo. Io invece vi sono
proprio nato e…diciamo così, cresciuto. Mio padre forse ci doveva dare un'altra botta, si vede che in quel momento doveva
essere stanco".
Così dicendo, aggiunsi:"Senti Giova', ma tu conosci qualcuno
qui in banca".
"Io penso che lo conosci pure tu".
"Ah sì, e chi è".
"Te lo ricordi quel grande bar a piazza Medaglie d'Oro, Alle
Luci si chiamava".
"E come no, quel palazzo lo ha costruito il padre di un mio amico".
"I gestori erano due soci: Totaro e Montini, e il figlio di Montini, Luigi, è vice direttore qua.Vieni dentro, mo' te lo presento, è
arrivato poco prima di te".
Quando entrammo, il dottor Montini era al telefono, ci fece co-
munque segno di accomodarci, e ci sedemmo su tre comodissi-
me poltrone.

Terminata la telefonata si avvicinò, mentre ci alzavamo, dicendo:"Quali comandi".
Risposi:"Ci mancherebbe altro, io sono un suoservitore umilissimo".
"Ah, un bel paesano, posso darti del tu, intanto sediamoci".
Mentre ci sedevamo estrassi dal borsello le foto…incriminate, e le adagiai sul tavolino di cristallo davanti ai nostri piedi.

33

"Ah, il dottor Arnaldo Vasselli e la sua splendida fidanzata, ottima persona, era un mio ex collega, è venuto alcuni giorni fa per una transazione molto importante, gli consigliai pure l'acquisto di alcuni titoli, ma ancora non si è fatto vedere. A che proposito mi hai mostrato queste foto?".
Sentita la mia risposta, si mise le mani nei capelli.
"Oh Cristo santo, ma tu che mi stai dicendo? Ma sei sicuro di quello che dici? Come può essere mai possibile, venne qui con due agenti della sicurezza di scorta".
"Sì, venne proprio nei nostri uffici", intervenne Luca, "disse che doveva fare un'operazione finanziaria molto importante, e chiese l'ausilio di almeno due agenti, sono servizi che noi forniamo abitualmente, a pagamento. Prendemmo l'appuntamento per l'orario di chiusura della banca, data l'entità della somma, e fummo proprio io e Giovanni a fargli da scorta, erano due enormi borsoni che gli portammo fino al centro del salone di quella splendida villa".
Mentre Luca mi diceva questo, il direttore si era alzato avvicinandosi alla sua scrivania, premette alcuni tasti del computer, dicendo:
"Il conto è ancora aperto".

Stavo per fare un salto dalla poltrona, quando aggiunse;
"Non lo ha voluto spegnere, vi ha lasciato mille dollari".
Prima di salutarci, ci chiedemmo che cosa si poteva fare.
"Intanto, datemi le vere generalità della signorina".
"Le ho qui sulla fotocopia del passaporto".
"Dammelo, me ne faccio una copia e proverò a indagare".
Uscito in strada, mi avviai verso il porto e vidi passare Luis che
trasportava un'anziana signora, mi fece segno di aspettarlo e
dopo pochi minuti mi raggiunse.
Erano quasi le undici, lo ingaggiai, e mi fece passare circa tre
ore indimenticabili mostrandomi i più bei posti dell'isola.
All'ora di pranzo mi accompagnò alla pensioncina.
Dopo pranzo mi feci una lunga dormita, il pomeriggio tardi mi
misi a sistemare alcune carte che avevo portato con me.
La sera a cena preferii un brodino e un po' di frutta fresca, non
avevo proprio appetito.
Di contro, la mattina scesi verso le nove e mezza con una fame
da lupi, mangiai due o tre croissant e bevvi un'abbondante tazza
di latte.

34

Mentre stavo per lasciare la sala – erano le dieci meno cinque –
si avvicinò la signora Julia con uno sconosciuto che mi chiese di
poter vedere quelle foto.
Appena gliele mostrai, fece un gesto che voleva essere di…
noncuranza, me le restituì, dicendo:"No,no, grazie".
Fu in quel gesto noncurante che il mio istinto mi segnalò un pericolo, mi era già accaduto tante volte quand'ero piccolo che
una sorta di mal di testa improvviso fosse premonitore di qualcosa che stava per accadermi.Se durava pochi secondi, era una

cosa buona per me, altrimenti prefigurava un fatto negativo. Stavo con le mani alle tempie da alcuni minuti, quando l'antico orologio a pendolo della sala suonò le dieci,sarei stato puntuale con l'appuntamento che avevo preso con Luis, ma,all'ultimo rintocco, fecero il loro ingresso nel salonequattro mastodonti, i due davanti portavano il braccio teso lungo la gamba, con in mano una pistola.

Quello che aveva visionato le foto mi si avvicinò di nuovo, dicendo:

"Non si muova, tenga le mani ben in vista, stia tranquillo e non faccia sciocchezze, la dichiaro in arresto".

Le parole di quell'uomo mi risuonarono nella testa come un disco stereofonico. Le avevo udite veramente? Davvero c'era qualcuno che le aveva pronunciate?

Fui ridestato dall'atto che mi girava le mani dietro la schiena, e mi ammanettava.

All'uscita dalla pensioncina, vidi Luis fermo al marciapiede di fronte col suo triciclo che mi guardava con la bocca spalancata, anche lui era stato puntuale, ma fece finta di non conoscermi.

35

Giovedì 21/7/2011, ore 10.03

"Senti, Enzo, forse avrai capito perché ho scelto le dieci del mattino per quest'incontri, perché è un'ora che non scorderò mai più nella mia vita, sarebbe poi l'ora in cui fui arrestato. Ma se hai qualche problema in fatto di orari, me lo puoi dire, puoi sceglierla tu l'ora, ormai siamo due pensionati, e siamo liberi a tutte le ore".

"No, no, per me va benissimo, puoi cominciare".

Penitenziario di Isla De Pinos (l'inferno in paradiso). Appena entrati, ci avviammo lungo un corridoio come una passeggiata nel braccio della morte diretti in una saletta in cui venivano formalizzati gli arresti. Qui venimmo accolti da un omone calvo e tarchiato con un gran mazzo di chiavi appeso a una cintura che sembrava una fune. Mi fece poggiare le mani al muro, facendomi divaricare i piedi e mi frugò nelle tasche, tutto il contenuto finì in un grande scatolone.Dopo perquisito mi fecero spogliare completamente, e mi ficcarono sotto la doccia, indipendentemente che io ne avessi bisogno, e appena uscito da sotto l'acqua, bagnato com'ero, mi ficcarono in una tuta gialla, ci andavo almeno due volte dentro, ma non era proprio il caso di sottilizzare.

Mi avevano sequestrarono tutto: passaporto, portafoglio con tutti i soldi e le carte di credito. Si soffermarono particolarmente sulle due foto di Arnaldo e Maddalena, e presele, le portarono a quello che presumibilmente doveva essereun loro superiore.

Era del tutto evidente che ci trovavamo di fronte ad un errore di persona, quando mi portarono in cella (un rettangolo di tre metri per cinque con dodici pagliericci per terra) una porta di ferro fu aperta e rinchiusa alle mie spalle.

Cominciò così il primo giorno dei trecentocinquantacinque della mia prigionia.

La cella collettiva somigliava a una fossa cimiteriale, appena entrato, un fetore insopportabile mi mozzò il fiato.

Non presi proprio in considerazione la possibilità che io avessi potuto dormirci quella notte, sicuro che sarebbe venuto qualcuno da un momento all'altro a dire: "Scusate tanto, ci siamo sbagliati".

Si fece notte, e non venne nessuno. Io comunque rimasi in piedi fino all'alba, momento in cui mi assopii un poco cercando di ricordare dove avevo letto qualcosa a proposito di sistemi usati da alcuni carcerati per conservare il proprio equilibrio mentale.

Mi accorsi che una delle guardie (quella che a furia di spintoni mi aveva trovato un "posto" sotto un alto finestrino) era una persona molto umana, e mi tenni in serbo la possibilità di…farmi aiutare in qualche modo, ma preferii aspettare, quantomeno di conoscere il capo d'imputazione, ammesso che ve ne fosse uno, non ricordavo di aver commesso alcun reato.

Per tre settimane e mezzo mi passarono da una cella all'altra – sempre celle collettive – senza che fossi sottoposto almeno una volta a interrogatorio. Se è vero che tenevano conservati il mio passaporto, non mi risulta che qualcuno si fosse interessato dei miei dati personali.

Dopo tre mesi, senza che nulla mi venisse imputato, al primo interrogatorio mi lessero la testimonianza di un detenuto che non avevo mai visto né conosciuto, secondo il quale io sarei stato colpevole, (già, ma di che cosa non me lo dissero) e fui condannato a trent'anni di reclusione.

36

Prima di lasciarmi andare, mi sottoposero un "documento" da firmare, era una dichiarazione di colpevolezza. A questo punto, ricordandomi che ero pur sempre un vecchio scugnizzo napoletano, feci una cosa un po' volgare in verità, in ossequio ad un gesto che vidi compiere da un mio manovale, avvicinai una mano all'inguine, facendo l'atto di prendere in mano tutto ciò che il buon Dio mi aveva donato, s'infuriarono come una belva, e al suono di una campanella entrarono due secondini ai quali dissero:

"Portatelo via".

La condanna mi fece quasi ridere, come poteva un cretino qualsiasi, mi chiedevo, emettere una sentenza così a cuor leggero, trent'anni, mentre rimanevo sempre più aggrappato alla certezza di un errore giudiziario. Ciononostante, forse inconsciamente, caddi in una profonda prostrazione, dopo un giorno e una notte insonni, nel tentativo di rifare mentalmente il cammino che mi aveva condotto lì dentro,ero proprio al limite di ogni sopportazione.

Quella stessa sera, dopo aver ricevuto la solita ciotola con l'acqua e una crosta di pane duro, che misi a spugnare, mi adagiai su un pagliericcio che stava in un angolo, e mi addormentai profondamente.

Era quasi l'alba, quando sentii una mano che mi sbottonava i bottoni superiori della tuta, aprendo gli occhi, vidi due uomini nudi vicino a me, "già pronti", per violentarmi. Balzai dal pagliericcio con le poche forze che mi rimanevano, e cominciai a tirare cazzotti e calci alla cieca, rimpiangendo quel gancio destro che avevi tu, il rumore che producevano i miei pugni mi ricordavano quelli che tu davi in palestra vicino al *punching ball*.Ne uscii con le ossa rotte, ma... "indenne".

37

Rimasi per oltre tre giorni sul pagliericcio senza poter muovere un dito, mi arresi perfino alle cimici, perché quando le schiacciavo emettevano un fetore insopportabile. Il secondino "buono" ogni volta che mi portava la ciotola con l'acqua e il tozzo di pane duro, controllava che non me lo portassero via.

Quando finalmente mi ripresi un po', cominciai a considerare seriamente il fatto che con tutta probabilità avrei dovuto rimanere ancora per qualche giorno "ospite desiderato", e mi guardai un po' intorno in una sorta di istinto di conservazione.

Il "water" era un buco per terra in un angolo, a vista. Non c'era carta igienica, acqua nemmeno a parlarne, erano otto giorni che non andavo in... "bagno" (il mio record era stato di sette, quando ebbi un fastidioso intervento all'intestino), non me la sento di descriverti i particolari di questa penosasituazione, e quindi preferisco sorvolare su questo argomento degradante.

Una mattina, presi il coraggio a due mani e feci segno al secondino"umano"di avvicinarsi.Quando mi si accostò, gli prospettai l'idea di guadagnare duemila dollari se avesse in qualche modo contattato l'ambasciata italiana così da far conoscere questa mia situazione angosciosa.

Rimase un po' interdetto, mentre diceva:

"Ma, veramente voi non...".

Poi riflettendoci, si dovette rendere conto che alla fin fine, lui non commetteva nessun reato grave. La mia impressione fu che forse, mi avrebbe aiutato. (Ma che stava per dirmi?).

38

Più passavano i giorni, e più mi rendevo conto che avrei dovuto fare qualche cosa, già,ma... che cosa?

Quella sera nel mettermi a dormire, rivolsi una preghiera a un mio fratellino che avevo perso, per un incidente d'auto, tanti anni prima. (Mettendo in quarantena le preghiere ai santi e alle Madonne – non credevo più tanto nella preghiera – già troppe gliene ne avevo recitate, ma forse la Madonna e Gesù Cristo erano troppo in alto per me).

Mi svegliai la mattina presto con un terribile senso di frustrazione. Rimasi a contemplare i soffitti a volta e i ragni che si davano da fare per aumentare la superficie delle loro trappole mortali. Prima di essermi addormentato, avevo riflettuto sul fatto che probabilmente se avessi meglio ponderato quanto mi stava accadendo, forse avrei trovato impossibile dormire, ma non capendo un bel niente, data la stanchezza, il sonno mi colse lo stesso immediatamente.

Al risveglio, ricordai alcune parti di un sogno che doveva essere in qualche modo premonitore, tentai disperatamente di rientrare nel sogno, c'erano due cani… che aggredivano una bella signora, e io che tentavo in tutti i modi di correre per soccorrerla, ma i mie piedi rimanevano incollati per terra. Aveva degli occhi bellissimi, azzurro cielo, eppure, mi dissi:"Io quegli occhi li ho già visti, Monica li aveva neri, e Lena Verdi.Mah", conclusi, "probabilmente se avessero avuto una qualsiasi importanza per me, una piccola reminiscenza sarebbe sopravvissuta".

Questi pensieri furono interrotti dal secondino che mi chiamava sotto voce.

"Pss, pss, ingegnere, ingegnere".

Quando girai lo sguardo da quella parte, vidi che mi faceva segno con un dito, di avvicinarmi a lui.

Quando mi ci accostai mi disse:

"Tra poco verrà un dottore. E si allontanò".

Pensai subito che forse aveva trovato il modo di farmi ricoverare in infermeria, e lo ritenni un buon auspicio. Mi alzai per "preparami", già, per aggiustarmi un po' i capelli con le mani, di barba non se ne parlava proprio. Ormai ero un *barbudos*.

Mentre il mio cervello mulinava, il secondino aprì la cella facendomi segno di seguirlo.

Entrammo in una piccola sala con al centro un tavolo tondo, in un angolo due poltroncine separate da un tavolino con il ripiano di cristallo. In piedi vicino a una grossa finestra chiusa dal lato esterno da grosse sbarre, vi erano due "dottori".

Con la massima delicatezza riuscirono a nascondere lo sbigottimento, sono più che sicuro, che dovettero provare vedendo il mio stato di salute, e cercarono, esercitando il loro *savoir-faire*, di rendere piuttosto sereno il nostro incontro.

Quello che mi sembrò il più giovane, mi si avvicinò, dicendo:

"Lei è l'ingegner Sarno?"

"Sì, signore", risposi.

"Sono un addetto dell'ambasciata italiana".

"Sono lieto di conoscerla".

"Ingegner Sarno... ma lei che mi ha combinato?".

"Me lo dica lei, dottore, che cosa le ho combinato?".

"Lei è accusato di duplice omicidio volontario e occultamento di cadavere".

"Dottor...mi scusi qual è il suo riverito nome?".

"Sono il dottor Della Giovanna, e se la cosa la metterà a suo agio, sono napoletano come lei".

"Dottor Della Giovanna, se avessi la forza di mettermi a urlare, lo farei volentieri, ma non ce l'ho. Che omicidio e omicidio, io fino ad oggi non ho mai fatto male nemmeno a una mosca", e scoppiai in un pianto incontrollabile.

"Allora la prego di non dire altro, purtroppo alcuni indizi sono contro di lei, non parli con nessuno di niente. In via del tutto confidenziale le dirò che la persona di cui lei ha mostrato le foto a destra e a manca è stata sgozzata in una bellissima villa appena acquistata qui sul lungo mare, e non c'è traccia della donna.

"Ma, io ero con Luis quella mattina".

"Lo sappiamo, ma gli orari non collimano. Non dica più una parola a nessuno,non sono io la persona a cui lei dovrà dare conto, io sono un semplice attaché, e sono qui in missione esplorativa.Tra pochi giorni le procurerò un abboccamento coi legali dell'ambasciata. E fino a quel momento dovrà essere muto come un pesce, non parli con nessuno e non risponda ad alcuna domanda. Né il direttore, né ilprocuratore distrettuale hanno il diritto d'interrogarla. Mi sono spiegato? Ah, cosa ancora più importante, non racconti nulla agli altri carcerati, in cella non starà da solo, mantenga le distanze e non socializzi con alcuno, né parli del suo caso con nessuno, potrebbe essere un infiltrato della polizia, ed anche un solo commento può essere usato contro di lei al processo. Non discuta del suo caso con nessuno, sono stato chiaro?".

"Sì".

"Bene. Io cercherò di ottenere al più presto il rilascio su cauzione. Sempre in *camera caritatis*, le voglio dire che lei mi è stato descritto come una persona perbene e molto simpatica, ho già avuto modo di conoscerla attraverso le parole del mio amico Montini, ildirettore della banca dove lei si è recato appena messo piede sull'isola, che mi ha parlato molto bene di lei (conosco la sua vicenda). Naturalmente ora c'è questa gatta da pelare, per cui le rivolgonuovamente la preghiera di non aprire bocca se non vuole rovinare tutto, fin quando non avrà parlato con i nostri legali".

"E per dire che la mia simpatia nei suoi confronti è un milione di volte più grande della sua, e di quella del dottor Montini, messi insieme, posso parlare? E allora consideri come se glielo avessi detto. E che Dio ce la mandi buona, resterò in paziente attesa".

Prima di andare via, disse:

"Signor Franco, desidero presentarle questo signore che per deformazione professionale ha ritenuto opportuno rimanere in silenzio durante tutto il nostro colloquio. Il dirigente del nostro ufficio legale,professor Umberto Di Meglio, libero docente di psicologia giudiziaria".

"Ah...ma...".

Il professore alzò un dito, come ad ammonire ma non disse una parola, nell'andarsene mi strinse la mano, e questo gesto mi commosse ancora più di qualsiasi parola, mi sembrò un assoluzione.

40

Venerdì 22/7/2011, ore 10 (circa)

La mattina dopo, fui trasferito in infermeria (erano trascorsi sei mesi, e avevo perso almeno trenta chili, me ne rimasero giusto trentacinque). Ti ricordi che parlai del secondino dal volto umano? Ebbene, mi ero appena messo a letto che sipresentò con un vassoio colmo di croissant ancora fumanti, seguito da un medico che glieli fece posare su un tavolinetto di quelli che si usano per la colazione a letto, dicendo:

"Dopo, dopo".

"Subito dopo il medico, entrò un infermiere con una sorta di trabiccolo pieno zeppo di apparecchiature (intanto mi aveva fatto spogliare dicendo a Salvatore di buttare quella tuta e portarmi della biancheria pulita). Non ti dico gli esami, cominciò con l'auscultarmi il petto e le spalle, poi mi prese la pressione, mentre l'infermiere mi faceva un prelievo di sangue.

"Lei è fumatore?",aggiunse il dottore".

"No", risposi, "ma quella cella era una fumeria, suppongo fosse dovuto tutto al fumo passivo".

"Bene, adesso lasciamo il carrozziere e passiamo al motore, lei ha almeno venti chili meno del necessario, nella sua anamnesi familiare ci sono disturbi cardiaci?".

"No, assolutamente".

"A ogni buon conto sto mandando a esaminare dei campioni di sangue, dobbiamo controllare comunque il livello delcolesterolo", aggiunse, mentre si rimetteva gli occhiali sul naso che aveva tolti poco prima."Non le posso prescrivere niente prima di avere visti i risultati delle analisi del sangue".

Mentre il medico e l'infermiere stavano per uscire, rientrò Salvatore con le braccia cariche di panni.

Quando si incrociarono, disse al dottore:

"Dotto', questo è roba nostra", alludendo a me.

"Non ti preoccupare", rispose il medico, "te lo faccio nuovo nuovo in quattro e quattr'otto".

A quel punto "Salvatore" (se davvero si fosse chiamato Salvatore, lo sarebbe stato di nome e di fatto) mi fece alzare dal letto, perché voleva cambiarmi pure le lenzuola.

Mentre lavorava, guardandomi di sottecchi, disse:"Ingegne', è vero che sono passati tanti anni, ma voi davvero non mi avete riconosciuto?".

"Oh, Cristo santo", pensai, "è vero che forse qualcosa…ma non mi potresti dare un aiutino, visto che non ho nemmeno la forza di pensare?".

"Ingegne', io sono Ciro, il figlio di don Mario, la panetteria proprio sotto casa vostra, al Vomero".

"Madonna santa, tu sei Ciruzzo. Ma avevi dieci anni quando io mi trasferii da viale Michelangelo".

"Ma come, voi mi avete insegnato a leggere e a scrivere, e poi vi siete dimenticato di me? Eravate il mio professore".

"Perdonami, Ciro, ma io non ho nemmeno la forza di vedere".

"Intanto,professo', mangiatevi tutti questi cornetti, e bevetevi tutto il latte, da questo momento in poi voi siete sotto la mia e-gida (me la insegnaste voi questa parola, vi ricordate?). E fatevi una bella dormita fino a stasera".

"Un momento, Ciru', ma perché ti fai chiamare Salvatore?".

"Professo', capit a mme, sono… in incognito".

(Era stato arrestato per rissa, ma trascorsi pochi giorni di prigione, piacque tanto al direttore del carcere per il suo brio e per le canzoni che cantava, che gli fece l'offerta di un posto di secondino, e lui accettò).

"Ah, a proposito", disse "Salvatore" mentre usciva, "venerdì avete un colloquio, viene tutto lo stato maggiore dell'ambasciata, il direttore mi ha detto di mettere in ordine la sala grande, viene pure quell'amico vostro direttore di banca, che è pure amico mio".

"E siccome domani è sabato, io mi vado a fare un bel fine settimana".

"Con la tua compagna".

"E già, con la mia compagna. Ciao,ciao.Ci vediamo lunedì".

Scendendo le scale ebbi l'impressione che stessimo veramente scrivendo un romanzo.

41

Lunedì 24/7/2011, ore 10

Il venerdì mi portai a casa il piccolo registratore, perché Franco mi aveva fatto delle "confidenzefuori registrazione, che non me la sento di rivelare, ma che comunque non hanno un rapporto vero e proprio con lo strettissimo tema della sua storia. Nonostante ciò, l'aggiunsi di mia voce, riservandomi di valutare con più calma di inserirle o meno nella stesura definitiva (augurandomi di non doverle mai mettere).

Verso le nove e trenta – continuò Franco – "Salvatore" venne a prendermi perché la "seduta" stava per cominciare e mancavo solo io.

Lo seguivo con le gambe che mi tremavano, ad un certo punto lo pregai di rallentare per potermi appoggiare alla sua spalla, arrivati fuori al grande portale, mi disse:"Niente paura, per ogni evenienza io rimango fuori la porta".Mi invitò ad entrare e richiuse la porta alla mie spalle.

Al centro di questa vasta sala vi era un grande tavolo ovale con tante sedie dalle spalliere alte e imbottite.La maestosità di quel salone, mi fece sentire ancora più piccolo di quello che ero, e mi bloccai.

Vedendomi fermo e indeciso, il dottor Della Giovanna mi disse: "Amico mio, venga avanti, lei si sta allarmando senza alcun motivo".

Fu la parola "amico" a sciogliermi un poco la lingua che tenevo completamente impastata."Dottor Della Giovanna", dissi, "mi consente di sedermi perché ho le gambe che tremano per conto loro".

"Senza motivo",aggiunse lui. "Noi non abbiamo nessuna intenzione malevole nei suoi confronti, e sappiamo perfettamente che lei è innocente, ma questo non vuol dire che lei non sia in qualche modo implicato, e questo ce lo dovrà concedere.Sull'intera questione abbiamo assunto informazioni che lei non può nemmeno lontanamente immaginare.Si ricordi che noi saremo per così dire, i suoi difensori d'ufficio e, ad esclusione di me, non certo per falsa modestia, lei si trova patrocinato dai migliori avvocati penalisti del foro di Cuba.Ora, se è vero che lei non ha nulla da nascondere, nessun motivo per nascondere non saprei

71

che cosa, lei è però obbligato a dirci tutto quello che sa. Intanto, le hanno già presentato i capi d'imputazione?".

"No, dottor Della Giovanna, non so proprio di che cosa potrei essere imputato, nessuno di noi, perlomeno in quest'ala del carcere, sa perché è stato arrestato, né per quanto intendono tenerlo carcerato, nella prima cella c'è un ragazzo di Roma che aspetta il processo da un anno".

"Da quanto tempo è qui dentro?".

"Non lo so, ho perso il conto, ma devono essere parecchi mesi".

"Sulla sua testa pendono accuse molto gravi, dunque, prima di ogni cosa è bene che le diciamo di che cosa stiamo parlando. Noi ci troviamo di fronte a una consegna di una grossa somma di denaro, e alla morte del destinatario (intorno alle ore nove del mattino) il giorno dopo di averla ricevuta. A questo punto procedendo nella storia, io le farò della domande. Sappia intanto che già sappiamo più di quanto lei possa immaginare sui suoi spostamenti.Tenga bene in mente, perciò, i particolari su cui richiamerò la sua attenzione.Ci dica ora, tutto ciò che ha fatto il primo giorno che ha messo piede sull'isola, tenuto conto che noi già sappiamo dove fosse dall'ora dello sbarco, vale a dire dalle ore sei alle ore sette del mattino".

42

So che avrò bisogno dell'aiuto di Dio, perché ho poche speranze che possiate credere soltanto una sola parola di ciò che dirò, sarei stupido se lo pensassi. Eppure, sul mio onore, per quanto potrebbe mai valere in un eventuale tribunale un simile giuramento, sono assolutamente innocente. E dirò tutto, anche se questo potrebbe costarmi veramente trent'anni di galera. Non ho alibi dalle sette alle undici, ora in cui già saprete che ho ingaggiato

Luis per farmi portare in giro per l'isola. Saprete anche che verso le dodici e trenta circa, noi ci trovavamo proprio davanti alla casa del delitto.Ho passeggiato, né più né meno dalle ore sette alle undici, quindi non ho un alibi per quelle quattro ore, tempo che sarebbe stato sufficiente per uccidere un'infinità di gente, (eppure ho letto da qualche parte che non avere un alibi alcune volte depone bene).Ho girovagato per l'isola fino a quando le gambe me lo hanno consentito, dopodiché ho continuato il bellissimo giro turistico in bici taxi.

Certo, posso capire che essere andato in giro con quelle foto avesse possa suffragare l'idea di un movente, ma allora bisogna immaginare anche che io sia stato un cretino, da scartare l'opportunità di cercare di far rinsavire il signor Arnaldo e recuperare perlomeno una buona parte del danaro trafugato, anziché assassinarlo".

La seduta fu sospesa a seguito di una telefonata del dottor Montini che si scusava per non aver potuto presenziare, e che aveva da comunicare importantissime novità provenienti da Napoli. Per questo motivo si ritenne opportuno soprassedere per quel giorno.

"Adesso me ne vado a casa a fare la pappa, e ci vediamo domani mattina alla stessa ora. Ciao".

43

Martedì 25/7/2011 ore 10.20

L'indomani mattina feci qualche minuto di ritardo, la caldaia dell'acqua calda aveva fatto le bizze e dovetti farmi una doccia fredda. Naturalmente mi premurai di chiamare il tecnico della manutenzione per anticiparne la venuta che era già prevista per il martedì successivo. Fu molto gentile e concordammo un appuntamento tra le dodici e l'una.

Chiesi scusa a Franco del ritardo dicendogli che avrei dovuto andare via anche un poco prima e naturalmente non vi furono problemi.

"Allora, dai, dimmi tutto", gli dissi.

"Non credo di poterti dire proprio tutto, ma in ogni modo, cominciamo".

Accanto all'infermeria vi era una vasta sala per convalescenti che io definii "il paradiso nell'inferno".

Qua e là vi erano disposti dei divanetti. Sotto le alte finestre, naturalmente protette da grosse grate di ferro, c'erano quattro sedie di rami di salice fatte a conchiglia. Ti ho parlato di paradiso, ed era quello che si vedeva dalle grosse finestre. Una lunga striscia di sabbia bianchissima con decine di palme che sembravano inchinate a proteggerla. Seven Mile Beach, si chiama, appunto perché è lunga sette miglia. Ogni mattina mi riempivo il cuore di questa visione, prima di iniziare le mie letture quotidiane, credo di aver rimesso su non meno di dieci chili nell'ultimo periodo.

44

Mi ero da poco seduto in una di queste conchiglie dando le spalle alla finestra, purtroppo, per meglio prendere la luce sul libro.

Avevo appena spostato l'*ex libris* – stavo rileggendo il primo volume della filosofia greca di G. De Ruggiero – quando l'infermiera mi annunciò:

"C'è una visita per lei".

Scattai in piedi proprio nel momento in cui il mio amico Montini entrava dalla porta.

"Caro Luigi, buone nuove?".

"No. Purtroppo, devo darti delle cattive notizie.Tuo nonno è in una situazione di salute molto precaria.Quell'individuo di Arnaldo ha trafugato anche il sacchetto dei diamanti, è stata una mazzata insopportabile per lui, suo fratello Luciano, che glieli aveva venduti trent'anni prima per un milione di dollari, li aveva valutati appena sei mesi prima, tra i cinque e i sette milioni di dollari.Le banche hanno dovuto ovviamente cautelarsi, e hanno ottenuto un sequestro conservativo della villa quadrifamiliare di via Tasso, nonché di quella bifamigliare di S. Agnello di Sorrento, con discesa a mare.L'appartamento di viale Michelangelo è gravato da ipoteca, da parte di alcuni "finanzieri" che gli aveva presentato un vecchio direttore di banca della vecchia Banca di Calabria".

Il mio amico Luigi si dovette fermare, per il mio troppo piangere.

"Avrei dovuto chiederti se volevi prima le notizie buone, o le cattive, adesso questa bella signorina infermiera ci porterà, per piacere, due bei caffè, e una bottiglia di acqua minerale, frizzante, se è possibile".

45

Appena l'infermiera si allontanò, riprese:"Ci sono alcuni misteri, ma questo è compito del capo della polizia, intanto sto lavorando perché tu ottenga la libertà provvisoria".

"Ma io devo andare dal nonno"

"Non se ne parla nemmeno, del resto mi sei più utile qui. Come ti dicevo, è accaduta una cosa strana, ma forse dovrò cominciare dall'omicidio del signor Arnaldo".

"Ti prego di lasciar stare il 'signore', bene avevi detto prima: 'l'individuo'".

"Dunque, La sera stessa in cui i due vigilanti della banca avevano scortato l'Arnaldo alla villa, fu perfezionata la vendita, per cui uno dei borsoni contenente ciascuno due milioni di dollari, cambiò di mano, venne consegnato all'avvocato che aveva stilato l'atto di vendita.L'altro fu adagiato nel vano del camino dietro al paravento. E siamo alla sera prima dell'omicidio.L'indomani mattina, verso le nove circa, tutta la gente che passeggiava per il lungomare, e che si fermava davanti alla bellezza di quella villa che era diventata addirittura oggetto di culto, vide improvvisamente una finestra del primo piano che si spalancava, qualcuno che urlava chiedendo aiuto.I primi ad accorrere furono i giocatori della squadra nazionale di basket di Cuba.

Poiché il cancelletto era appena accostato, fu gioco facile, facendo le scale a quattro a quattro, per gli atleti arrivare sul luogo del delitto in pochi secondi, perché di un delitto si trattava.Il primo a entrare nel vasto salone, fu il pivot, che s'incontrò con due agenti della sicurezza che evidentemente salirono dalla scala posteriore che dava sul mare. (soltanto dopo la risoluzione del caso riflettemmo sul fatto che non esisteva alcuna scala posteriore).

Furono proprio Luca e Giovanni a riconoscere il cadavere, oltre al proprietario del grande negozio di abbigliamento dove l'ingegnere Arnaldo aveva comprato la bellissima giacca sportiva – che fu salvata al momento della cremazione del cadavere. Gli agenti subito si preoccuparono di dislocare le tante persone accorse per i diversi piani, avvisandoli che l'assassino poteva essere ancora armato di coltello visto che il cadavere appariva con la gola squarciata, e la testa quasi staccata dal collo.

In quel momento, il figlio del giardiniere che aveva notato il borsone nel vano del camino, ebbe la geniale idea di aprire la chiusura lampo, mettendo in evidenza una montagna di denaro.

Si trattava, ovviamente, del secondo borsone con i due milioni di dollari. Ora, la domanda che si è posta pure il commissario è proprio questa:'Come mai l'assassino non si è portato via il danaro?'.

Ma in tutto questo c'è un mistero ancora più grande, il patologo che arrivò verso le undici, chiese:

'A che ora avete detto di aver sentito gridare aiuto dalla finestra?'.Esentito che l'urlo fu lanciato intorno alle nove, aggiunse:'Allora deve essere stato qualcun altro a gridare, perché questo signore, a giudicare dal *rigormortis*, deve essere morto da almeno venti ore, portatemelo in ambulatorio domani mattina e saprò esservi ancora più preciso'.Naturalmente le dichiarazioni del perito portarono alla conclusione che non si trattasse affatto di un omicidio per rapina, ma di ben altro.Intanto, avendo regolarmente repertato il borsone col danaro, lo stesso è stato ritenuto'corpo di reato' e quindi sequestrato.Ora, spetterà al magistrato inquirente stabilirne l'uso.

La buona notiziaè che, da domani mattina tu sarai affidato a me, io dovrò rispondere di tutti i tuoi atti, ovviamente non potrai lasciare l'isola fin quando tutta la faccenda non sarà chiarita.Ora, al punto in cui siamo arrivati, l'affare si ingarbuglia ancora di più, e dobbiamo metterci alla ricerca della persona che poteva avere delle buone ragioni, un movente,per ucciderlo.

Per essere onesto fino in fondo con te, devo dirti che parlando con i magistrati tu resti comunque il solo indiziato fino a questo momento.Ho fatto notare che in effetti la tua venuta qui aveva a

che fare (anche) ove fosse stato possibile col recupero del danaro, ma hanno confutato questa mia tesi col fatto che tu potevi
non sapere che dietro il ventaglio parafuoco ci fosse del denaro,
anche per quello ho dovuto far presente ai giudici che una delle
ragioni della tua venuta fosse legata in qualche modo alla presenza nell'isola di Lena".

"Se pensano che quello che Arnaldo ha fatto alla nostra famiglia
mi dia un movente per l'omicidio, hanno perfettamente ragio-
ne:ma non l'ho ucciso io, quindi non troveranno nessuna prova
contro di me. Se devo essere sincero, in fondo in fondo, mi dispiace un po' per la morte che ha fatto".

"E adesso troverò il tecnico della caldaia fuori alla porta. Statti
buono, ciao".

46

Mercoledì 26/7/2011 ore 9.55

"Ciao Franco, hai visto? Ho recuperato io cinque minuti questa
volta,ma prima di iniziare voglio farti leggere una lettera curiosa
che ho trovato ieri in portineria".

Gentile dottor Enzo Amoruso,
ho finito di leggere proprio in questo istante il suo racconto Il
giorno che dovremo "perdere", *l'ho letto con l'anima, così co-*
me suggeriva la prefazione.
I pochi rudimenti di psicologia che mi confortano mi fanno pen-
sare che lei non è affatto quello sprovveduto che vuole far cre-
dere di essere. Mi sono permesso di chiamare la sua casa edi-
trice, perché avrei voluto leggerla ancora, ma mi è stato detto
che quella era l'unica sua opera.

Sono stato truffato da alcuni ciarlatani, ma io non demordo. Morirei nella più nera disperazione se non riuscissi a compiere quest'atto di giustizia. La prego di dirmi in tutta onestà, lei, può aiutarmi? Qualora la risposta che auspico fosse affermativa, le farei avere il resto della registrazione.

QUESTA È UNA DICHIARAZIONE SPONTANEA. LA PER-SONA DA ME RICERCATA DOVREBBE
AVERE CIRCA XXXXXXXXX, NAPOLETANO, VOMERESE PER L'ESATTEZZA...

Cordiali saluti,
zeno@xxxx.xx

Gli ho risposto a stretto giro di posta.

Gentile dottor Zeno,
lei mi attribuisce poteri che io non ho.
Deve sapere che nel mio racconto sono più vere le cose incredibili che lei ha letto, di quelle verosimili che in realtà sono soltanto frutto di fantasia.
In tutta onestà, proprio come lei mi chiede, io non sono in grado di aiutarla. Lei ha letto nel mio racconto che nel corso della mia vita mi sono capitate certe...certe cose, è vero, ma la cosa finisce lì.

La saluto caramente,
Enzo Amoruso

47

"Sono cose da pazzi, ma tu hai capito, questo che vuole da me? Io no".

"E io nemmeno. Ma… torniamo a noi. Vado? Che fai, non lo accendi?".

"Sta già acceso".

La mattina dopo, di buonora, ero già pronto sull'uscio del carcere, avevo ritirato i miei oggetti personali, le varie foto che mi interessavano, dei circa duemila dollari che dovetti lasciare in "deposito" me ne tornarono duecento, ma non m'interessava, avevo le mie brave carte di credito, dissi loro di farsi una bella mangiata alla mia salute (anche se non ne avevo più tanto bisogno). Nel firmare il foglio di uscita, notai che la data era la stessa di quella d'entrata: 7/7/74 – 7/7/75, era passato un anno.

Mi ci vollero diversi giorni per rendermi conto di essere davvero libero e di essere uscito da quell'orribile incubo.

Puntuale come un cronometro svizzero arrivò il mio amico Luigi.

Vi era qualcosa di ottimistico nel suo sguardo, quasi gioviale, mi guardò con un mezzo sorriso e mi misi a ridere anch'io mentre diceva:"Ti ho trovato già un bel posto di lavoro, il pizzaiolo".

A onor del vero non fu un cattivo profeta. "Ma che caspiterina vai dicendo", gli risposi ancora ridendo.

"No, no", aggiunse, "ho scherzato. Anzi ti volevo chiedere, ma tu, nel breve periodo che sei stato libero, non hai conosciuto per caso Gaetano, il tuo compaesano proprietario del Kursaal, che è pure sala da gioco e pizzeria? (A suo dire le pizze che fa lui sono le migliori del mondo). A dire la verità, sono veramente squisite. Insomma, tu dovresti fare il cassiere, in modo da liberare la moglie per le mille altre cose che vi sono da fare.E così, non hai ancora conosciute le due persone più degne di vivere in quest'isola, sono due filosofi, Gaetano e Maria sono laureati in Lettere e Filosofia (sono anche poliglotti), vennero qui tanti anni fa in viaggio di nozze, e si innamorarono del posto, le loro due famiglie si conoscevano fin da bambini, erano famosi ristoratori napoletani. Gaetano e Maria già da piccoli bazzicavano nelle cucine, e così venne loro l'idea di avviare un piccolo ristorantino che ha avuto una grande fortuna (meritata, in tutti i sensi), dire che sono le due persone più amate di tutta la Grand Cayman, è poco".

Appena ci conoscemmo (Gaetano e la moglie Maria dovevano aver saputo delle mie… vicissitudini) Gaetano mi abbracciò, ed io ricambiai l'abbraccio, fra napoletani ci si capisce subito.

La bella, brava e giovanissima Maria, mi prese per mano dicendomi:"Ingegnere, veng…".

"Uè, la interruppi subito, non cominciamo male, io mi chiamo Franco".

"E allora, Franco, vieni qua, mo' ti metto subito a lavorare".

48

Mi portò invece a visitare la bellissima sala giochi, al piano superiore. Sullo stesso ballatoio si apriva una porta che dava in un lungo corridoio molto ben illuminato lungo il quale si snodavano, a destra e a sinistra, una lunga serie di camere numerate, dall'uno al ventiquattro. Aprì con il suo passe-partout la numero uno, dicendomi:"Accomodati, la vuoi vedere?".

"Entrai in un sogno. La porta balcone affacciava su un terrazzino dal quale si vedeva la bellissima spiaggia proprio dei miei sogni (anche se nei mie sogni la rivedevo sempre attraverso la grata)".

"Ti abbiamo riservato la numero uno, la camera più bella,poi ne riparlerai con mio marito, sarai tu ad inaugurare il nostro Bed And Breakfast".

Scendendo le scale mi dovetti fermare afferrandomi al passamano perché le lacrime mi velavano gli occhi (ero passato dall'inferno al paradiso).Al piano terra mi mostrò il ristorante pizzeria. Fra la veranda esterna e il vasto locale interno, vi erano non meno di una quarantina di tavoli.

Avrei cominciato a lavorare volentieri la sera stessa, ma mi venne voglia di prendermela di "libertà".

"Ah,ah", disse scherzando Maria, "non cominciamo con questo assenteismo, comunque te la faccio buona giusto perché è giovedì, perché qua il venerdì sabato e domenica, è una baraonda".

Dopo le cinque, alla chiusura della banca Luigi mi portò un poco in giro, e...come si dice,l'assassino torna sempre sul luogo del delitto, insomma, facendo il lungomare, arrivammo davanti a quella villa da sogno. (Sarebbe stata di mio nonno e mia un giorno?)".

49

Al ritorno dalla promenade, Luigi mi disse:

"Sai, qui non è proprio come in Italia che una causa si sa quando comincia, e non si sa quando finisce. Certo, c'è la questione dell'omicidio, ma io penso che in uno o due anni, dovreste rientrare in possesso di tutto il maltolto. E poi, con quel po' po' di avvocati che ti ritrovi, ma, speriamo bene".

La lunga passeggiata ci fece fare sera, e ripassammo davanti al Kursaal.

La bellezza e la moltitudine dei giovani che già vi si assiepava mi sbalordì, non riuscivo proprio ad immaginare quanti ce ne sarebbero potuti essere, l'indomani, e poi il sabato e la domenica.

Con gli occhi pieni di questa bellissima gioventù, ci sedemmo fra loro, e cominciammo a fare amicizia. Chi mi chiamava Frankie, chi ingegnere, insomma nonostante i miei ventisei anni mi sentivo proprio uno di loro. Dopo pochi minuti, vidi che Gaetano, facendosi sostituire dal secondo pizzaiolo, venne verso di noi, e mi disse:"Naturalmente la tua camera è pronta, poi ci 'bisticceremo' per lo stipendio. Intanto tu sarai nostro ospite fin quando lo vorrai. Se non mi sono spiegato bene, il vitto e l'alloggio per il grande onore che ci fai, è gratuito".

"È con questo chiudiamo anche per oggi. Ciao ciao, a domani stessa ora".

50

Giovedì 27/7/2011, ore 10

Ero rimasto soltanto con il jeans e la maglietta che avevo addosso, chiesi a Gaetano come fare per comprare un po' di biancheria intima, qualche pantalone e un paio di scarpe, insomma avevo bisogno di governarmi un po'.

"Oggi è sabato", mi disse, "ci sarà gran casino stasera, se mi aspetti dieci minuti vado giù a liquidare due fornitori, e saremo liberi fino all'ora di pranzo, intanto vai giù a fare colazione, ho sfornato da poco i croissant".

Finita la colazione, uscii al sole della Grand Cayman.

Ancora non ci credevo di poter andare dove mi pareva liberamente, ma la grande gioia del momento s'incupì al pensiero dei miei genitori, del nonno. Speravo, dovevo speraree dovevo credere che in qualche modo...per fortuna una pacca sulla spalla, mi riportò in me.

"Andiamo", disse Gaetano, "a pochi passi da qui c'è un grande emporio, il proprietario è amico mio ci darà tutto quello che ti serve".

Al reparto pantaloni la commessa voleva sapere la mia taglia."Veramente la vorrei conoscere anch'io", le dissi, e lei rimase un poco accigliata. Fu Gaetano a togliermi dalle peste.

"Il mio amico ingegnere ha fatto una lunga cura dietetica, e quindi è il caso di rivederle, queste misure".

La commessa ci fece accomodare in un salottino con un grandetavolo al centro, e dopo pochi minuti mi portò un infinità di pantaloni, magliette, calzini, e mutandine. "Per le scarpe potrà vedere al piano di sopra". Gaetano nel frattempo si era allontanato per andare a salutare il proprietario.

Alla fine risultò che avevo perso due taglie, ora ero taglia 46.

Quando Gaetano mi raggiunse, chiamò la signorina, si chiamava Carmen, e bazzicava spesso nel suo locale.Fece fare due pacchi di tutta la merce che misi da parte, con preghiera di farli recapitare alla sua pensione.

51

In quel momento ci raggiunse anche il proprietario e gli consegnai la mia MasterCard, provò e riprovò, ma la carta doveva essersi smagnetizzata dopo tanto tempo, me la feci restituire e la sostituii con la Visa, stessa trafila, al che il proprietario dell'emporio, rivolgendosi più a Gaetano che a me dis- se:"Queste carte sono state bloccate, se non sono scadute".

"Non c'è problema", rispose Gaetano, "assieme alla merce mandami pure il conto al negozio, pago tutto io".

Sulla strada del ritorno provai a ringraziare Gaetano che non mi fece nemmeno aprir bocca.

"Anticipo sullo stipendio", disse.

Poiché mi ero accorto che stavamo nei pressi della banca di Lu- igi, chiesi a Gaetano se non gli dispiaceva se andavo a salutarlo.

"No, no, vai, verrei volentieri anch'io ma è il caso che torni al ristorante, altrimenti Maria chi la sente".

Sentita la storia delle carte di credito, Luigi chiamò un impiega- to e gli fece preparare subito un'apertura di conto che prevedeva uno scoperto fino a diecimila dollari.

Alle mie rimostranze che non avevo a che farmene di tanto da- naro, mi rispose che avrei pagato gli interessi solamente per quello che prelevavo. "Domani mattina ti faccio avere pure la Card", aggiunse, "e se me lo ricordi ti do pure un poco di mone- ta locale".Prima di salutarci, aggiunse:

"Per quella tua vicenda personale mi sto movendo, ti posso an- ticipare soltanto una cosa, che poi sono parole del mio amico questore: *chercher la femme!*".

"E adesso ti saluto e me ne vado a mangiare, stammi bene. A domani. Ciao Franchino".

Venerdì 28/7/2011, ore 10.03

Altro che gran casino, come aveva detto Gaetano, quel venerdì sera era il finimondo, per me fu la prova del fuoco. Da buon tecnico, anche se in tutt'altri generi di lavoro, mi capitava spesso che un operaio venisse a dirmi: "Ingegnere, ma qui abbiamo delle difficoltà".
Di solito rispondevo:"Guaglio', ma ti pare che al tempo che si va sulla Luna abbiamo difficoltà qua per terra", e puntualmente le risolvevo, "le difficoltà".
Questa volta la difficoltà, o il problema, me lo creai io.
E qualera questo problema?Non erano pochi i ragazzi che non erano disposti a stare seduti tanto tempo per mangiare una pizza.
A parte il fatto che non sempre trovavano posto.
Fu un lampo, e mi ricordai delle pizzette di mia mamma che ogni settimana facevano rivoltare il palazzo.
Era una ricetta inventata da lei, tu davi un morso alla pizzetta, e quella in bocca… fluidificava. Ma la caratteristica che più faceva al caso nostro, era che si potevano mangiare in piedi tenendole in un tovagliolino. C'era un solo vincolo che andava tassativamente rispettato: andavano mangiate bollenti.
Un lunedì mattina, giorno di calma relativa, a parte il fatto che io in una cucina non vi avevo mai messo piede – né ne avrei avuto il tempo – ma ricordavo benissimo tutti gli ingredienti e la "tecnica" che usava mia mamma, chiesi a Gaetano se era disposto a farmi fare un esperimento quel prossimo venerdì, però mi doveva dare tutta la giornata libera, e prestarmi uno dei ragazzi che impastavano la pasta, meglio ancora se fosse stato Pasqualino. Ottenuta la promessa, il giovedì mi scrissi una nota di tutti

gli ingredienti da comprare, e come un ladruncolo, nascosi ogni cosa nel vecchio laboratorio dove un tempo facevano le fritture.

53

Verso le dieci, sempre del giovedì, chiamai Pasqualino, e ci chiudemmo nel laboratorio a…a mestierare (con la sola breve pausa colazione verso le tredici).Per la sera avevamo preparato un impasto per almeno duecento pizzette, ma già sapevo che sarebbero state poche, anche in virtù del fatto che quella prima sera le avremmo regalate.

Il venerdì, giorno della prova del cuoco, ma anche del fuoco per me, richiamai Pasqualino, e di nuovo ci chiudemmo nel laboratorio, nessuno doveva conoscere nemmeno la forma, di queste pizzette. A un certo punto, mentre lavoravamo, Pasqualino mi dice:

"Ingegnere, ma come si chiamano queste pizzette?".

Gli risposi: "L'hai detto tu:le pizzette dell'ingegnere".

Verso le cinque della sera era già tutto pronto, chiusi a chiave il laboratorio, e uscimmo quasi di soppiatto a prenderci una boccata d'aria, io e Pasqualino che ci guardavamo come due cospiratori.

Verso le sette e mezza, ci ritirammo nel nostro posto di combattimento, ci chiudemmo dentro, e dissi: "Pasquali', fuoco alle polveri", e accendemmo il gas sotto la caldaia di rame dove prima di uscire vi avevo versato una lattina di cinque litri di olio d'oliva.

Verso le otto andai da Gaetano a chiedergli se potevo far disporre nella veranda esterna dei tavoli in un certo modo, mi rispose: "Fai quello che vuoi tu".

Erano le otto e un quarto e mi prese una sorta di orgasmo per l'avvicinarsi del momento della verità.

Chiamai due ragazzi che di solito servivano ai tavoli, e feci formare una lunga fila di cinque tavoli.

Dalla dispensa feci prendere quattro enormi vassoi, lasciando libero il quinto tavolo.

Alle nove meno un quarto, l'avanguardia della bellissima gioventù cominciò ad avvicinarsi. Chiamai Gaetano che aveva appena completato l'accensione del forno a legna, ed era in attesa che si riscaldasse a dovere.

54

I ragazzi cominciarono a salutarmi amichevolmente, mentre si avvicinava Gaetano gli dissi:"Scusami Gaetano, vuoi dire a questa bella gioventù che stasera festeggeremo il mio compleanno e che c'è una sorpresa per loro?".

"Ah, e me lo dici così?".

"Veramente ho voluto fare una sorpresa anche a te e a Maria", che in quel momento si stava avvicinando.

"Hai sentito, questo mascalzone compie gli anni e non ci ha detto niente".

"Quanti?", disse Maria, "Venti?".

"Magari", risposi, "ho appena superato il quarto di secolo, ventisei". A quest'ultima parola, Gaetano e Maria si guardarono interdetti, fu lei a riprendersi, dicendo:

"Allora meriti un abbraccio forte forte e due baci".

Mentre Pasqualino al mio segnale uscì con due pizzette tenute in due tovagliolini e le offrì a Maria e Gaetano (le cavie) scappando subito al lavoro.

"Come scottano", disse Maria.

"Così debbono essere", le dissi, "soffiaci sopra e diventeranno magiche".

Mentre le mie gambe tremavano, Gaetano diede il primo timido morsichino, lo stesso fece Maria, io ero in attesa del... verdetto."Allora?", dissi,"Pollice verso?".

Dopo circa un minuto, Gaetano mi guardò dicendo: "Sangue di Giuda, e io che credevo di saper fare le pizze, ma da quale pianeta provieni tu?".

"Allora posso dare il via, sono promosso?".

"A pieni voti", rispose Maria, mentre diceva a Pasqualino,"Pasquali', portamene un'altra, questa mi si è squagliata in bocca".

"E pure a me", disse Gaetano, "voglio essere sicuro che siano tutte uguali".

"Allora datemi una mano".

Andammo tutti e tre a prelevare, con l'aggiunta di Pasqualino, i quattro vassoi che disponemmo sui rispettivi tavoli. "Ragazzi", disse Pasqualino urlando,"queste ve le offre il nostro amico Franco, si chiamano le pizzette dell'ingegnere".

55

Nel parapiglia avevamo preso le quattro bottiglie di spumante che tenevamo in fresco, con alcuni contenitori di bicchieri di plastica.

"Ah no", disse Maria, "togliete questi cosi da mezzo". E fece portare dai ragazzi due ceste colme di coppe di cristallo. "Il nostro amico Franco merita questo e altro", e mi abbracciò ancora più forte di prima, a momenti non mi lasciava più, tanto da mettermi quasi in imbarazzo. "Uè", dissi, "Gaeta', ma tu hai visto a tua moglie?".

"Questa la posso mandare anche in mezzo a un reggimento di soldati", disse, "non c'è pericolo. Intanto sappi che già ti ha... adottato".

Mentre mi diceva queste parole, Maria scoppiò in un pianto dirotto, e scappò via.

Fu Gaetano che mi spiegò l'arcano. "Ventisei anni prima", disse, "quando Maria aveva venti anni, avemmo un figlio. 'Questo un giorno farà l'ingegnere', disse Maria, 'mi piace molto questa parola: ingegnere.' La mattina trovammo il bambino soffocato nella culla, un rigurgito, dissero i medici. Da allora non ha potuto più avere figli. Avevamo deciso di chiamarlo Francesco, come il nonno (e come te)".

56

Il giorno dopo, sabato, ci fu un viavai curioso fin dalla mattina, sembrava proprio che quelle persone si fossero messe d'accordo per prendere in giro Gaetano.

Il primo fu quel suo amico, il proprietario del grande negozio di abbigliamento dove eravamo andati a fare quelle compere.

"Gaeta', dai, fammi vedere di che si tratta, mio figlio ieri mi ha fatto una capa tanta".

"Papà, non ci sono parole, è inutile che io te ne parli, tu le devi assaggiare".

"Avanti, fammi assaggiare queste pizzette dell'ingegnere".

"Idem", disse Luigi, che arrivava in quel momento, "dammene un paio pure a me, voglio proprio vedere, mio figlio ne sta ancora parlando con la mamma. Anzi, dammene tre o quattro".

Mentre Gaetano stava a bocca aperta, si avvicinò una signora.

"Signor Gaetano, potrei avere il piacere di assaggiarle pure io queste pizzette dell'ingegnere, naturalmente pagando. Mio nipo-

te ha detto che lui sarà il primo stasera, perché è riuscito ad a-
verne una soltanto. Mi ha detto: 'Chi ha fatto il bis, chi il ter...'
quando si è girato i vassoi erano completamente vuoti".

"Mi dispiace signora", disse Gaetano riavendosi dallo smarri-
mento, "ma prima delle nove di sera non le facciamo, quelle sono per i ragazzi che si scocciano di stare seduti ad aspettare la
pizza, sapete, sono sempre irrequieti, perciò ho pensato di fare
queste pizzette. Per la verità la ricetta è dell'ingegnere, un mio
caro compaesano".

"Ah. Ecco spiegato l'arcano, mi sembrava un poco curioso, perciò si chiamano le pizzette dell'ingegnere.E ditemi un po', don
Gaetano, bisogna prenotarle?".

"Non occorre", signora, "però come le dicevo non prima delle
nove le troverà".

"Va bene, sarò puntuale".

Appena la signora si allontanò.

"E mo', chiamati a Pasqualino, fammi una nota di tutti gli ingredienti, che te li vado a prendere io stesso, dopodiché, mi farai
vedere come le impasticci (se non hai niente in contrario a farmi
conoscere la formula segreta)".

Il sabato sera, e la domenica successiva, fu una vera processione
di ragazzi che si trascinavano appresso i genitori ancora incre-
duli che si facevano fare i cartocci pure loro per portarseli a casa
e risolvere così in pochi minuti il problema della sussistenza.

Il lunedì successivo era già pronta lanuova tabella: Pizzeria &
Friggitoria – Alle pizzette dell'ingegnere.Aggiungemmo pure:
frittelleepanzerotti.

Per i ragazzi fu una pacchia, si facevano fare i cartocci e li man-
giavano per la strada.

Lunedì 30/7/2011, ore 10

Franco era al balcone che fumava, appena mi vide rientrò e accese l'interruttore della moka elettrica,lo trovai sull'uscio.
"Come è andato il fine settimana", mi chiese.
"Splendidamente, siamo andati a Positano col Metrò del Mare, splendida traversata, mai vista un'acqua così limpida, solo poche località possono starle alla pari. E tu che te ne sei fatto?".
"Io sono un eremita ormai, ma non me ne lamento, la mattina scendo a fare due passi, il tempo di fare il giro della piazza, prendere il giornale, e me ne torno a casa, mi sta bene così, e poi ho i miei libri che mi tengono compagnia. Bando alle ciance, attacchiamo".

58

Quella domenica mi trattenni coi ragazzi fino a notte alta, c'era una ragazzina, Monica si chiamava, aveva gli occhi neri, di un nero che non ti so dire... ma, era piccola, non aveva ancora diciotto anni (lei disse che li aveva) per la verità le mancavano solamente due mesi.
Era quasi l'alba quando la riaccompagnai a casa, aveva una bellissima villa, con la discesa a mare attraverso una pineta, me la portò a vedere, arrivammo fin quasi alla battigia.
Nel percorso di ritorno sostammo sotto gli alberi per qualche minuto, senza parlare. Quel silenzio mi creò una sorta di...imbarazzo, avevamo parlato fino a un attimo prima con indifferenza, e adesso... poi lei avvicinò il viso al mio, e mi baciò, a bocca chiusa, provai a farle aprire le labbraleggermente, quan-

do vi riuscii, partecipai tanto attivamente che lei quasi spaventata, mi disse:

"Io non sono mai stata con un uomo, non so nemmeno che cosa sia l'amore, ma se è tenersi stretta all'uomo dei propri sogni, allora è bellissimo".

"Ma se mi hai appena conosciuto".

"Ti sbagli, con oggi sono giusto dieci giorni che vivi nei miei sogni, mentre tu non mi hai mai guardata".

"Qui ti sbagli tu, ti ho notata dal primo minuto, ma ho creduto di dover fare l'indifferente, non saprei dirti perché, forse mi sembravi troppo piccola".

Era quasi l'alba, le diedi un bacio in fronte, e aspettai che rientrasse in casa prima di andarmene. Appena si chiuse ilportoncino, ebbi l'impressione che un sortilegio l'avesse fatta scomparire, avevo sognato anch'io?

59

Guarda caso, proprio quella mattina che avevo preso sonno da poco, mi sentii chiamare da sotto al balcone, non ero proprio sicuro e rimasi con l'orecchio teso, poi di nuovo sentii: "Francooo!!!".

Saltai dal letto e mi affacciai al balcone, era Luigi, "il banchiere" così lo chiamavo. "Scusami ma devo andare in banca, ci vediamo nell'ora di spacco, ti devo parlare, è una cosa importante".

"*La femme?*", dissi.

"Non ancora, ma parleremo anche di questo, vattene a dormire va', che stai ancora pieno di sonno".

"Difatti, ero appena rientrato", gli dissi. "Ciao, a più tardi".

Tornai a letto ma non ci fu verso di riaddormentarmi.Che poteva mai essere questa cosa importante? Forse ero libero di tornare in Italia? La mia testa diventò improvvisamente un mulinello, ero già combattuto fra Monica, mio nonno e mamma e papà.

Alle cinque precise mi chiamò Gaetano."Scendi", mi disse, "c'è qui Luigi che ti deve parlare".

Ero già pronto da almeno un'ora, e mi precipitai per le scale.

Gaetano ci invitò ad andare nel suo studiolo per parlare tutti e tre senza essere disturbati.

Prima di entrare disse a uno dei ragazzi di portare tre caffè e una bottiglia di acqua minerale.

Ci sedemmo su un divanetto io e Luigi, mentre Gaetano scelse una poltroncina.

"Dunque", disse Luigi "...ma no, meglio darti prima quest'altra notizia, è una decisione che abbiamo preso io e Gaetano, in conserva col mio amico questore. Naturalmente tu sarai dei nostri e mi dovrai scusare se non ti ho interpellato prima perché è una cosa che è nata così, sui due piedi.

Poiché il questore non ha ritenuto opportuno divulgare la notizia della ricerca della signorina Lena,ci ha consigliati da dove potremmo iniziare le ricerche.

Scartando la nostra isola, perché è più che evidente che la ragazza è viva e vegeta – come più tardi ti dimostrerò – resterebbe da cercarla tra la Little Cayman e la Cayman Brac. Che fanno parte delle tre isole maggiori. In effetti si tratta di trascorrere un giorno sull'una e un giorno sull'altra isola, perché avremo i relativi punti di riferimento.

La polizia non deve figurare, perlomeno in questa fase.

Dovremo essere in tre, e saremo: io, tu, e Gaetano. Naturalmente se sei d'accordo con noi, che contiamo molto sulla tua presenza".

94

"Mi state dando proprio l'impressione che sia io a fare un favore a voi, venendo, e questo non può non emozionarmi, e adesso che ci alziamo in piedi, vi abbraccio a tutti e due. E... quell'altra cosa?".

60

"Per quell'altra "cosa" dovrai pazientare ancora un momentino. La partenza sarà tra otto giorni, l'amico questore ci raggiungerà tra pochi minuti per darci tutti i ragguagli del caso. Arrivati a questo punto...".
Un toc toc vicino alla porta ci annunciò proprio il suo arrivo.
"Vieni avanti, stavo dicendo a Franco chenon è il caso che io continui a nominarti come l'amico questore, e dunque caro Franco ti presento il nostro più che fraterno amico, il dottor Arnaldo de Vivo".
"Non facciamoci caso al nome poco edificante per te e diamoci del tu, visto che formiamo un bel trittico napoletano".
Dopo la presentazione di Arnaldo feci la proposta di chiamarlo Aldo, dato che quel nome mi stava un po'... indigesto.
"Veramente la maggior parte degli amici così mi chiamano".
"E allora vada per Aldo".
"Quando Aldo venne a Grand Cayman, sei mesi prima", raccontò Luigi, "il suo CSI (Centro Smistamento Informazioni) non era che una piccola sede distaccata dell'Interpol, nei primi tempi il suo lavoro consisteva soprattutto in normali controlli e ricerche di piccoli criminali, fin quando non passò ad indagini più sofisticate. Adesso, con l'ausilio di quattro o cinque giovanotti con la passione per l'alta tecnologia, è in grado di controllare, avviare e dirigere ricerche in tutto il mondo".

95

A un certo punto, Aldo tirò fuori tre piccoli blocchetti, dicendo:"Vediamo se qualcuno di voi ha qualche preferenza, li ho chiamati, notate la fantasia? B.R.V. che sta per bianco, rosso, e verde.

Trattandosi di una donna da dover cercare, ho scelto i seguenti esercizi commerciali: chi sceglierà il bianco, visiterà tutti i parrucchieri, ho qui l'elenco con i rispettivi indirizzi.

Chi sceglierà il rosso invece, farà il giro di tutte le boutique, ve ne sono parecchie, e qui troverete gli indirizzi.

Prima che vi allarmiate, vi dico che ho già prenotato tre bicitaxi e che i conducenti sono esperti del posto. *Dulcis in fundo* chi sceglierà il verde, sempre che non sia un goloso o beone – altrimenti gli cambiamo colore – dovrà visitare tutti i bar e le pasticcerie.

61

"Quale sarà il vostro approccio con i relativi proprietari della tre categorie scelte? Intanto, assieme alla foto della signora, vi sarà dato un distintivo di una società di volontariato italiano che appunterete sul bavero, per cui ufficialmente voi siete dei volontari italiani in cerca di questa signora, per incarico del suo papà (questo è il tocco di genio nel caso la trovaste, il padre è l'unica persona che ama e che desidera rivedere). Per l'altra questione, caro Gaetano, se non ti dispiace, visto che Maria ne ha parlato sia con me che con Luigi, mi farebbe piacere presenziare. Intanto, attacca tu. Anzi, prima ancora di cominciare io credo che qui ci voglia qualcosa di tosto, altro che caffè, non ce l'hai un whisketto, un cognacchino, una vodka o che so io?".

Con questo pretesto Gaetano si alzò, dicendo: "Ci penso io, adesso vado a vedere".

"Caro Franco", disse Luigi, "non so da dove cominciare".

"Comincia dal principio", dissi io, quasi per scherzo.

"Già, il principio, hai detto una parola bellissima. Socrate diceva che il principio nasce dal nulla, e che quando nasce da qualche cosa, quello non sta come principio.La storia che ti devo raccontare, e che ti riguarda molto da vicino, iniziaappunto quasi dal nulla. Devi sapere che Gaetano e Maria ebbero un bimbo, tanti anni fa, ventisei, per l'esattezza,che morì nella culla il giorno dopo la nascita, poche ore dopo che Maria gli aveva data la sua prima poppata. E siamo al venti giugno 1960".

"Il giorno della mia nascita", dissi.

"Appunto", rispose Luigi, "il giorno della tua nascita (lo so perché ho il tuo passaporto). Lo chiamarono Francesco (era il nome del nonno). Maria disse:'Questo bimbo farà l'ingegnere, mi piace molto la parola *ingegnere*'.Il giorno delle famose pizzette, era pure il giorno del tuo compleanno, 20 giugno 1986, Maria e Gaetano ti abbracciarono e ti fecero gli auguri. (Maria restò molto turbata). Mentre tu davi la stura alle bottiglie di spumante, chiamò in disparte il marito, e gli disse:'Senti, Gaetano, io devo fare una riprova che poi ti spiegherò, durante il brindisi voglio abbracciare forte forte Franco, poi ti spiego'. Caro Franco, la scienza dice che 'certe cose' non esistono, ti ricordi che nel fare il brindisi Maria ti abbracciò molto più che fraternamente, tant'è vero che tu dicesti: 'Gaeta', ma la vedi a questa?'.'Già', ti rispose Gaetano, 'quella ti ha adottato'. Ebbene, quando ti abbracciò, notò che la tua bocca aveva lo stesso odore della bocca di suo figlio.E nessuno glielo toglie dalla testa che tu sei la reincarnazione del suo piccolo Franco. Non sapevamo come fare per parlartene.'Non lo fare andare via, mai', disse Maria a Gaetano, questo è il nostro erede".

"Dove sta Maria?", chiesi.

"In questo momento sta in camera sua a pregare".

"Puoi andare a chiamarla?".

"Certo", mi rispose Gaetano.

Passarono alcuni minuti, Luigi e Aldo avevano pensato che fosse opportuno che loro se ne andassero per lasciarci liberi.

"Niente affatto", aggiunsi io, "la vostra presenza la renderà una riunione conviviale, e quindi vi prego di restare".

Sentivo dei piccoli tramestii fuori la porta, e mi risolsi di aprirla. Maria stava nascosta dietro a Gaetano e non aveva il coraggio di entrare.

"Allora", dissi, "che succede qua?". Gaetano entrò, e io prendendo Maria per mano le dissi: "Vieni, vieni non aver paura, ci sono solo amici qua".

Poiché nessuno si decideva a prendere la parola, pensai che fosse compito mio, e dissi:

"Cara Maria, siediti qui vicino a me, e dammi una mano.Devi sapere che esistono alcune semicredenze, o chiamiamole pure coincidenze, per le quali anche uomini di scienze a volte restano interdetti, anzi, te ne rivelo un'altra, anche mia madre si chiama Maria.Ho pensato, di far fare un'eccezione alla natura, tu lo sai che a volte le mamme mettono alla luce due figli, ebbene da questo momento, come ti avevo anticipato, andremo contro natura, sarò io ad avere due mamme, per cui ti chiamerò d'ora in avanti, sempre, e per sempre 'mamma Maria'".

Nell'abbracciarla aggiunsi: "Adesso faremo un poco ingelosire Gaetano".

"Ma che dici, io potrei essere tua ma…".

"Appunto, e perché non lo dici? Certo che potresti essere mia madre, ma per età, anche se ti vedo proprio come una ragazzina".

A questo punto tra abbracci baci e pianti generali, si chiuse la riunione…di famiglia.

63

Martedì 31/7/2011, ore 10

Sorseggiato il caffè Franco disse:"Che faccio, attacco?".
"Vai con Dio!", fu la mia risposta.

Quella mattina mi arrivò da Napoli, una letteradi mio zio Luciano, il fratello di papà, che mi gettò nella più cupa disperazione.

Caro nipotino,
qui le notizie arrivano col contagocce.Abbiamo saputo della morte di quel farabutto di Arnaldoe che forse sarà possibile recuperare se non tutta, almeno una parte del danaro trafugato, e questo un po' ci rincuora.
Tua mamma non sta tanto bene, ma i medici non disperano di poterla portare su in pochi giorni.
L'appartamento di viale Michelangelo è stato venduto per far fronte ad alcuni grossidebiti "residui". In questi giorni i tuoi genitori si sono trasferiti in una piccola casetta alla periferia di Napoli.Tuo padre sta bene, ma… capirai.
È il nonno che mi preoccupa, ancora oberato di debiti con alcune "finanziarie", quelle che io chiamo "cravattari", adesso è ricorso ad alcune anche in provincia.

Come saprai, le banche sono state tacitate in qualche modo, anzi, in questi giorni anche loro hanno saputo delle buone novità e non disperano sul rientro dei loro crediti.
Pensa che persino alcuni grossisti di fiori qui, a Napoli,fanno gli usurai, l'altro giorno ho accompagnato tuo nonno proprio da uno di questi che ha il suo "ufficio" addirittura nel cimitero di Poggioreale.
Sette, sono i più crudeli, ma quest'ultimo è il peggiore di tutti.(Io li chiamo i sette malefici). Spero tanto che si risolva presto il problema della causa lì a GrandCayman in modo da potersene uscire da questo ginepraio.

Un forte abbraccio,
Zio Luciano

64

Mia madre mi diceva sempre: "Vedrai che a volte si chiude una porta e si apre un portone".Io non ci credevo più, ma proprio nel pomeriggio ho dovuto ricredermi, perché sembrò aprirsi un piccolo spiraglio che con una spintarella sarebbe potuto diventare veramente il proverbiale portone…

Aldo ci aveva "convocati" nel suo ufficio alla questura, per quella sera, a me, a Luigi e Gaetano per importanti comunicazioni. Non stavo più nella pelle.

Verso le sette, passò Luigi a prendere me e Gaetano, e ci recammo al commissariato.

Aldo ci fece entrare in una saletta dicendo:"Accomodatevi qua, due minuti e sono da voi".

Dopo pochi minuti entrò dicendo: "Ci sono grosse novità.Ieri è venuto a trovarmi il giardiniere di Villa del Sole, e mi ha raccontato una storia stupefacente – voi lo sapete che alla villa sono stati apposti i sigilli, e anche ai cancelli – dunque, l'altro giorno mi ha detto:'Ieri sera, all'imbrunire, mio figlio stava giocando con un suo amichetto a pallone sullaspiaggia, proprio nel tratto prospiciente la villa.Era il suo turno di stare in porta il suo amico tirò *una bomba* che fece andare il pallone oltre la cancellata della villa. Pierino (non si chiama così, si chiama Bruno, io lo chiamo Pierino la peste, fu lui difatti se vi ricordate, a scoprire il borsone col danaro nascosto nel vano del camino) siccome conosce ogni siepe come le sue tasche, assieme all'amichetto – lo volle per compagnia perché questa volta aveva paura per via del morto – si infilarono in una siepe, ma mentre stavano nascosti sentirono dei leggeri rumori di passi sulla ghiaia del vialetto. Sempre nascosti, rimasero a spiare, e videro uno degli agenti che il ragazzo conosceva, proprio quello che stava vicino al cadavere quella mattina (mio figlio mi disse il cadavere morto) che infilava le mani in un paio di scarponi con la suola fatta a carro-armato, e le appoggiava nell'aiuola proprio sotto la finestra del salone, dopo un poco, se le sfilò, le mise in un sacco, e se ne andò'.

Proprio stamattina abbiamo fatto un sopraluogo, ed effettivamente abbiamo trovato tracce di quegli scarponi.Fatto il calco, gli esperti hanno dichiarato che quelle scarpe erano di numero quarantaquattro. Si vede quindi che l'assassino dovette saltare dalla finestra, anche se qualcosa non collima, e a giudicare dalla testimonianza del figlio del giardiniere, a proposito del quale ho mandato a chiamare una donna poliziotto e una psicologa per poterlo interrogare, per non rischiare che qualcuno obiettasse in seguito che le informazioni erano state ottenute da un minore violando le normali procedure.Ritornando a noi, sembra proprio che quelle orme siano stata lasciate di proposito per ingannare la polizia. Ma questo è affar mio ed è oggetto d'indagine, tanto per cominciare, quelleorme sono poco profonde per uno che ha fatto un salto da circa due metri".

"A proposito, Franco, tu che numero di scarpe calzi?".

"Io",risposi meravigliato, "io porto il numero quarantuno, ma non penserete…".

"Noi no, ma i giudici sì. In questo modo però sei bello e scagionato, da subito".

65

"E se volessi partire per l'Italia?".

"Domani mattina ti faccio avere un documento del giudice i-struttore che ti scagiona completamente da ogni accusa. Da questo momento in poi puoi ritenerti un uomo libero, con le mie scuse, dato che la cosa è anche di mia competenza".

Al momento di sciogliere la riunione Luigi mi disse:"Domani mattina verso le dieci passa in banca da me, ti devo dare un documento".

"E dopo, se non ti dispiace", intervenne Aldo, "passa pure un momento da me in ufficio".

Non poteva mancare l'intervento di Gaetano: "La messa è finita, andate in pace". Mi prese sottobraccio e ci avviammo verso casa (avevamo lo stesso domicilio).

Quella sera non avevo voglia di cenare, ma Gaetano mi tentò con due pizzette, (era stato un buon allievo) e non me la sentii di rifiutarle, le accompagnai con un bicchiere di birra nera.

Mi si avvicinò Monica proprio mentre Gaetano mi diceva:"Quando hai deciso di partire?

Monica fece uno sguardo spaventato:"No… dimmi che hai voluto prendermi in giro!".

"Vuoi sederti un momento vicino a me?

"No, dimmi prima che non è vero che parti, ieri sera mi hai baciata".

"E ti bacerò ancora un milione di volte, adesso siediti qui buona buona, e ascoltami".

Ci volle del bello e del buono per farle capire la delicatezza della questione familiare (senza scendere troppo in dettagli).La ragazza era molto intelligente, e capì, dopo la promessa che sarei stato in Italia non più di un mese, e che sarei tornato per non lasciarla mai più.

Dopo una lacrimuccia, si convinse.

Ci alzammo per fare due passi, ma preferii accompagnarla a casa perché avevo da sistemare alcune cose con Gaetano, e preparare il bagaglio.

Nei pressi della sua villetta, stavo per darle il canonico bacio in fronte, quando disse:"Ma che mi hai presa per una lattante?", e mi... ci baciammo con un bacio degno di ogni cineteca che si rispetti, poi scappò via singhiozzando.

66

Giovedì 1/8/2011, ore 10

Il fatto che io arrivassi quasi sempre alle dieci precise, non è un caso (tranne una o due volte che ho sforato per motivi contingenti) e non deve risultare sospetto, perché abito a non più di cinquanta-sessanta metri dalla casa di Franco, per cui mi è sufficiente uscire cinque minuti prima da casa mia.

Ancora una volta Franco era al balcone a fumare (durante "l'intervista" non fumava) appena mi vide, rientrò e accese la macchinetta del caffè.

La porta d'ingresso era socchiusa, la spinsi, ed entrai.

"Vieni avanti", mi disse.

"Ma con questo cosa vorresti dire", risposi, sempre per scherzare, perché c'è il famoso detto "Vieni avanti, cretino".Assodato che non aveva pensato a questo, attaccammo.

Quella mattina tirai le dieci con i denti, (era l'ora dell'appuntamento con Luigi in banca) e come al mio solito, fui puntualissimo.

"Ciao Franchino, ti ho preparato delle carte da firmare, mentre le leggi vado a fare due caffè espressi".

Non riuscii a leggere nemmeno le prime due o tre parole e non potetti andare oltre perché le lacrime mi velavano gli occhi.

Lasciai le carte sul tavolo, e andai a sedermi in una poltrona, con le mani in faccia.

"Caffè?", sentii dire.

"Ma che fai?".

E io più piangevo. Mi aveva accordato un fido di due milioni di dollari, e fra i documenti vi erano due carnet d'assegni da venti foglietti l'uno.

"Se hai finito di piagnucolare, ti spiego.Intanto, la nostra banca qualche opera di beneficenza, di tanto in tanto, la fa, ma non in questa misura. Ieri sera mi sono visto con Aldo (a proposito ti aspetta stamattina) e mi ha comunicato che al massimo entro una quindicina di giorni, i due milioni di dollari trovati nella villa, saranno dissequestrati.Come vedi hai pianto per niente.Poiché non sarebbe corretto da parte mia anticiparti cose che Aldo mi ha detto in via del tutto confidenziale, mi farai la gentilezza di ripassare da me dopo il colloquio, perché così abbiamo organizzato 'la cosa'io e lui".

Erano circa le undici quando arrivai al commissariato da Aldo che mi fece subito accomodare nel suo studio.

Dopo pochi minuti si presentò alla porta un signore e Aldo disse:"Entra, entra,ti presento il mio amico Franco, io sono un poco indaffarato stamattina, tu sai quello che devi fare".

"Il signore", si avvicinò, e per poco nel presentarsi non mi stritolò la mano. Insomma, era un boss.

"A questo punto", disse Franco, "non posso parlarti di quello che dicemmo né di quello che facemmo, mi riservo di dirtelo in una prossima occasione, se, e quando se ne presenterà la necessità. Però, dato che abbiamo ancora un poco di tempo, possiamo continuare 'l'intervista' diciamo così".

Aeroporto internazionale JoséMartí, ore 15. Il volo Aerolinas Argentinos AR 1141 Cuba-Roma (lo stesso dell'andata) era programmato per le ore 18.

A questo punto, trascinando il mio piccolo trolley (non mi ero portato quasi niente), forte della MasterCard e della Visa che mi aveva rilasciato Luigi, mi recai in un grande fast food, e quando lessi nella lista la Rosa Vieia e il CoquitoAcaramelado ordinai tutte e due le cose, in omaggio alla signora Julia che me li aveva fatti conoscere.

Erano circa le 17.30, quando l'altoparlante chiamò il mio volo:"Volo Aerolinas Argentinos AR 1141 per Roma, ultimo avviso".

Misi piede sul grosso pullman che ci portò all'aereo alle 17.45 precise, e preciso come un orologio svizzero l'aereo iniziò la fase di rullaggio.Satollo, mi stesi per dormire.

"Adesso, se vuoi", disse Franco, "te ne puoi andare anche a mangiare, ci abbiamo dato un altro bel colpetto.Ciao, a domani. Se non ti stai annoiando".

"No", gli risposi, "tutt'altro".

68

Venerdì 2/8/2011, ore 10

Se all'arrivo a Roma non mi avesse svegliato la hostess, avrei dormito probabilmente ancora per ore.

Raggiunto il parcheggio sotterraneo, la macchina quasi non la riconobbi.Altro che bella fresca, come pensai all'atto di posteggiarla là sotto, un anno e mezzo prima. Anziché blu, era diventata grigia. Presi le chiavi che avevo messo prudentemente nella borsetta laterale del trolley chiusa dalla zip. L'apertura elettronica non funzionò, per cui dovetti aprire con due dita la portiera tanta era la polvere che vi si era accumulata.

L'interno dell'auto era abbastanza pulito, anzi, era proprio pulito, la chiusura degli sportelli doveva essere veramente ermetica. Misi la chiave di contatto nell'apposito alloggiamento, ma non vi fu alcun contatto. Scesi dall'auto, e risalii sul piazzale.

A pochi metri dal sottopasso, vi era fermo un carro gru (uno di quelli che quando metti la macchina fuori posto, non te la fanno trovare più). Mi avvicinai e chiesi cortesemente dove potevo trovare un elettrauto.

Sentiti i miei problemi, si offrì di risolvermeli lui, avendo l'officina con relativo autolavaggio, a circa cinquanta metri dall'uscita dell'aeroporto. Però, aggiunse:"Mi dovete dare almeno tre ore di tempo, e vi riconsegno la macchina come nuova".

Gli consegnai le chiavi, e me ne tornai all'interno dell'aerostazione.

69

Sul piano superiore c'erano dei bellissimi saloni ristorante, mi ci recai, e comprai anche *il Mattino* di Napoli all'edicola poco fuori dal ristorante.

Dal momento che sull'aereo avevo dormito fino all'arrivo (l'hostess dovette desistere dal tentativo di svegliarmi per il pranzo) perché quando io dormo, dormo, mi sedetti a un tavolino d'angolo (mi veniva dall'esperienza fatta in carcere di sedermi sempre con le spalle al muro) e ordinai un abbondante porzione di bucatini all'amatriciana, e due abbondanti porzioni di abbacchio (scottadito precisai) che innaffiai con una bottiglia di Lambrusco.

A fine pasto, preferii saltare la frutta, e spostandomi su una poltroncina poco vicino, mi feci portare un gelato e un caffè.

Il tentativo di scorrere il giornale non mi riuscì, perché...mi "abbacchiai" (forse fu colpa dell'abbacchio).

Mi svegliai che erano le tre del pomeriggioErano trascorse tre ore e mezza.Mi recai all'appuntamento dal meccanico, e questa volta veramente la macchina non la riconobbi."Ma come?", disse il meccanico, "State cercando la vostra auto, e ci state così vicino".

Difatti quasi mi spaventai nel girarmi, aveva mantenuto la promessa, la macchina sembrava appena uscita dalla Lancia. Misi mano al portafoglio, e non lesinai sul prezzo, fu contento che fosse stato in dollari.

107

Nel ringraziarlo e salutarlo caramente, gli chiesi la direzione da prendere per Napoli.

"Non c'è problema", mi disse, "appena uscito dall'aeroporto troverete indicate tutte le direzioni"

70

Erano le quindici e quindici quando partii, le altre volte avevo sempre impiegato quattro ore per arrivare a Roma (L'autostrada del Sole non c'era ancora, bisognava fare la fettuccia di Terracina).

In ogni modo, poiché trovai molti tratti sgombri, arrivai a Napoli alle diciotto e trenta.

Impiegai mezzora per arrivare al Vomero (nemmeno la tangenziale c'era), giusto in tempo, perché il portiere stava chiudendo il portone.

Appena mi vide, gli prese quasi un colpo – lui mi aveva cresciuto – mi abbracciò e non mi mollava più, appena ci scostammo, vidi che piangeva.

"Perché piangi?".

"Ma non sapete?".

"So tutto, Fede (si chiama Federico), adesso ci sono qua io".

"Ma i tuoi genitori".

"Non sanno ancora niente, dimmi piuttosto, questo 'vendesi' che sta fuori al portone si riferisce per caso alla casa mia?".

"Sì, l'ho messo proprio ieri mattina".

"E dimmi ancora, in che stato è la casa?".

"Un gioiello, l'hanno messa a nuovo per poterla vendere meglio".

"Possiamo andare su a vederla?".

"Certo", rispose Federico, "ho qui le chiavi".

Fuori alla porta mi dovetti violentare per entrare, non era stato spostato un mobile (fu venduta così come stava, con tutto l'arredamento).

"Federi', mi fai fare una telefonata?".

"Aspetta, vediamo se c'è la linea qua. Sì, ci sta, puoi chiamare benissimo".

71

Il numero di zio Luciano lo tenevo in testa fin da bambino, rispose al secondo squillo, non ero preparato a una risposta così sollecita e rimasi un poco interdetto, al secondo pronto dissi:

"Parlo col signor Sarno in persona? Luciano Sarno?".

Questa volta il colpo apoplettico dovette venire a lui.

"Franchino... Madonna mia del Carmine, dove sei?".

"A casa".

"Dove, a Cuba? Ti hanno rilasciato?".

"No, sto a casa mia".

"E dove?".

"A viale Michelangelo".

"Non dire sciocchezze, Franco. Dimmi dove sei".

"Ti aspetto tra dieci minuti a viale Michelangelo, hai sempre la station wagon?".

"Sì".

"Allora vieni subito con la macchina".

"Federico, il cartello vendesi è della Gabetti, ho letto bene?".

"Sì, e l'agenzia sta proprio a due passi da qua".

"Sai a che ore chiudono l'ufficio?".

"Di solito verso le otto e mezza, nove".

"Puoi fare un salto per vedere se c'è qualche funzionario che può venire un momento?".

"Vado di corsa, Franco", e aggiunse, "tumi stai facendo morire, se non mi viene un infarto questa notte, non mi verrà mi più".

Mentre Federico scendeva le scale, udii un forte stridore di freni, mi affacciai alla finestra e vidi zio Luciano che scendendo dalla macchina si faceva il segno della croce mentre s'infilava nel portone.

Abbracci, baci e pianti a non finire, ero il suo nipotino prediletto.

"Zio, calmati un attimo, abbiamo tutta una vita davanti per frignare, adesso è il momento di agire.Intanto aspettiamo un momento e vediamo se viene l'incaricato dell'immobiliare".

Non finii queste parole, che entrò Federico dalla porta con due giovanotti dall'aspetto molto distinto.

Fatte le presentazioni, chiesi che cosa dovevo fare per entrare in possesso della casa, adesso, subito.

"Be', è inusuale, ci vorrebbe intanto una sostanziosa caparra".

Lo interruppi, nessuna caparra, la casa gliela pago subito. E domani mattina andiamo insieme in banca a incassare gli assegni.

Mi resi conto che la cosa era inusuale, per ripetere le parole del giovanotto, ma mia madre, papà e il nonno non dovevano stare un minuto di più fuori da questa casa.

Data la presenza di Federico e di zio Luciano che pure li conosceva, accettarono la transazione.

72

"Tu, zio, corri dai miei, per nessun motivo devi tornare qua senza di loro, fagli portare con loro un po' di biancheria da letto e qualche asciugamano, domani penseremo a tutto il resto. Portali qua, anche con la forza se occorre, gli voglio fare una sorpresa...".

"Io invece penso che li farai morire tutti e tre".

"Ascoltami bene, sono stanco morto, adesso me ne vado a dormire nella mia antica cameretta in fondo al corridoio, e chiuderò la porta.Tu digli che hai in serbo una sorpresa,parla di miracolo, mamma ti crederà (ma non dirgli di me), ho saputo che va tutti i giorni in chiesa a pregare per me.Quando entrerete dalla porta – intanto fai in modo che sia presente anche Federico, non si sa mai, uno svenimento – tu ti avvicinerai alla mia stanza dicendo: 'Che fa questa porta chiusa?', la aprirai e dirai:'Alzati è ora di andare a scuola', (come facevi tanti anni fa) e io ti risponderò, come allora:'Non voglio andare a scuola stamattina, non mi sento bene'".

73

Lunedì 5/8/2011

Verso le ventitré, sentii fermarsi la macchina di Zio Luciano, Federico che stava dietro al portone aprì, e corse a baciare le mani a mamma che stava tutta frastornata, e non aveva capito proprio niente di tutto ciò che stava accadendo (qualche giorno dopo mi confessò che era sicura che stava sognando).
Poiché la vide tremare, disse:"Signora, forse è meglio se prendete l'ascensore", anche papà e il nonno aderirono volentieri a quest'idea(le loro gambe tremavano più di quelle di mamma).
Fuori la porta di casa, mamma disse a papà di darle un pizzicotto, ma papà fece molto di più, la prese in braccio evarcarono la porta come quella volta, trent'anni prima.
Zio Luciano recitò il copione alla Laurence Olivier, ma non avevamo previsto lo scatafascio. Sentendo la mia voce, mi piombarono addosso tutti e tre, facendo spezzare le assi che sostene-

vano la brandina, ma non fa niente, rimanemmo così a ridere e a piangere non so per quanto tempo.Ci sarei rimasto volentieri per sempre, in quella posizione, sotto i corpi di mamma e papà, con l'aggiunta del nonno.

Dopo aver sfilato dall'ammasso di tavolette la mia brandina, la adagiai sul pavimento, e mi ci coricai.

74

L'indomani mattina era una giornata luminosa, me ne accorsi perché il sole filtrava attraverso le tapparelle, ci svegliammo tutti quanti in un'atmosfera di sogno.

Anch'io dormii abbastanza saporitamente, anche se di tanto in tanto allungavo la mano per toccare il muro della cella – il mio pagliericcio stava appunto vicino al muro – quando poi mi convincevo, dopo aver acceso il lumetto sul comodino, che si trattava solamente di un incubo, inconsciamente ci riprovavo lo stesso, subito dopo averlo spento, volevo essere più che sicuro.

Mia mamma aveva iniziato una delle sue brevi giaculatorie consistenti in un'invocazione a Dio, a Maria Vergine, e ai santi.

Il nonno e papà erano timorosi e silenziosi per paura di svegliarmi, abbreviai questa loro sofferenza col mio solito fischietto, si precipitarono subito in camera mia, seguiti a ruota da mamma, che riprese a piangere.

"Ah no", dissi io scherzando, "se continui così mi alzo e me ne vado".

"Tu non ti alzi e non vai in nessun posto, perché adesso con l'aiuto del nonno e di tuo padre, ti leghiamo sul letto".

In quel momento bussarono alla porta, erano quasi le otto, papà andò ad aprire, ed entrò zio Luciano con uno scatolone pieno di ogni ben di Dio, dicendo:"Qua ci sta anche la colazione, devo

scappare perché ho fatto tardi",mi abbracciò quasi stritolando-
mi, e scappò via dicendo:"Ci vediamo nel pomeriggio".

A questo punto Franco mi pregò di spegnere il registratore perché mi doveva "dire" una cosa che mi avrebbe sbalordito, e che
era impaziente di "dirmi".
"Ti ho chiesto di spegnere il 'coso'", disse, "perché qualora a-
vessi deciso veramente di ricavarne una sorta di romanzo da
questa mia biografia, non sarebbe il caso di anticiparlo al lettore".
Nel timore che io facessi solo finta di spegnerlo, tirò addirittura
la spina dalla presa.
In quel momento, facendo il suo solito fischietto, si aprì l'ultima
porta in fondo al corridoio, e fu l'avverarsi di…di un sogno,
proprio così l'avevo immaginata, ma…
"Alt", disse, "prendiamoci un bell'aperitivo analcolico fresco, e
poi riprendiamo il lavoro".
Dopo alcuni minuti di… incantamento da parte mia, rimise la
spina nella presa dicendo:"Vado?".
"Vai, risposi, e che Dio ce la mandi buona".

Avevo proprio bisogno di parlare col nonno a tu, per tu, per il
mio "programma", ma decisi di far passare ancora qualche
giorno. (ne avevo ancora vent'otto a disposizione).

"E adesso è meglio che te ne vai a pranzare, ci vediamo domani
alla solita ora, se per te va bene".
"Ok", dissi.

Martedì 6/8/2011, ore 10.02

Quella mattina mia mamma e mio padre uscirono di casa molto presto, dovevano andare all'Ikea in provincia di Caserta, per comprare stoviglie bicchieri e quant'altro mancava in cucina.

Ne approfittai per parlare un poco col nonno che si era alzato dal letto in quel momento."Nonno", dissi, "ho bisogno di sapere un po' di cose da te, so che quella bestia di Arnaldo si interessava della contabilità, ma adesso se permetti, vorrei interessarmene un poco anch'io".

"Sì Franchino, come no, ne sarei felice, del resto ho tutto qua in testa".

Lo interruppi."No nonno, tu in testa non devi tenere un bel niente, voglio vedere tutto qua per iscritto e dal momento che io e te non ci siamo mai nascosti niente, mi farai il piacere di aggiornarmi sulla tua attuale situazione debitoria. So anche che non hai detto proprio tutto a papà, e se preferisci così, vuol dire che sarò tuo complice, ma ti ripeto, voglio vedere tutto qui scritto sulla scrivania".

"Dammi un poco di tempo"

"Nonno, non ho tempo, intanto ti dirò in due parole come stanno le cose da parte mia, e tutto il resto me lo dovrai dire tu.Alla Grand Cayman ho recuperato, per adesso, due milioni di dollari e non dispero di poter recuperare anche gli altri due.Ho speso in tutto duecentocinquanta milioni per la casa a viale Michelangelo (so che se la sono presa in luogo dei duecento milioni che gli dovevi, ma non mi interessa), punto. Adesso dimmi tutto".

"Se mi aspetti un attimo, vado a prendere il carnet degli assegni",tornò dopo pochi secondi, "ecco qua".

"Ho staccato sette assegni".

"Nonno, butta fuori".

"In tutto sono out di settecento milioni".

"Da pagare in quanto tempo?".

"Entro un mese".

"E quanti sono i creditori?".

"Sono sette, ma ognuno di loro non sa dell'esistenza dell'altro, ogni volta che mi scadeva un assegno andavo dall'altro e lo coprivo, lo sai come si usa dire: solco copre solco".

"Ho capito, e questo solco iniziale di quant'era?".

"Iniziai circa due anni fa con trecento milioni, ma adesso si sono più che raddoppiati".

"Va bene, naturalmente conosci i domicili di ognuno di loro".

"Sì, ma non tutti lavorano in casa, la maggior parte hanno degli ufficietti. L'ultimo che ho conosciuto ha il suo ufficio nell'aeroporto di Capodichino, un altro nel cimitero di Poggioreale, quello di sotto, giù, dove sta il quadrato".

"Fermati qua, procediamo con uno alla volta, come fai per prendere contatto?".

"Niente appuntamentitelefonici, loro non vogliono che si telefoni, basta passare di là e concordare il da farsi".

76

"Allora cominciamo dall'ultimo, quando ci possiamo andare?".

"Guarda che questo è proprio il più cattivo di tutti, una volta mi torse l'orecchio perché gli chiesi il piacere di temporeggiare ancora per qualche giorno con l'assegno prima di incassarlo, mi fece sanguinare, e mi minacciò di non farlo mai più".

"Non ti preoccupare", dissi, "vedrai come te lo faccio diventare buono.Giacché ci siamo, andiamoci subito, mi hai incuriosito, lo voglio conoscere questo cattivo, vado in garage a prendere la macchina e ci vediamo fuori al palazzo fra cinque minuti".

Erano le tre del pomeriggio, appena il nonno si sedette in auto, partii. Lungo la strada mi fermai in una piazzola di sosta, un poco fuorimano.

Estrassi il libretto di assegni del nonno che tenevo nella tasca interna del giaccone, e gli feci firmare un assegno in bianco.

Poi gli dissi di togliersi un momento la giacca.

"Ma fa freddolino", rispose.

"Non ti preoccupare, toglila un momento".

Scese dalla macchina e risalì porgendomela.

"Stai tranquillo che te la faccio rimettere subito, intanto mettiti questo collarino, diremo al signor Liborio (da questo momento i malefici sette li chiamerò tutti Liborio. In questo caso questo è Liborio VII) che nei giorni scorsi abbiamo subito un tamponamento e che hai riportato il famoso colpo di frusta per cui non ti puoi muovere, lo farò venire vicino all'auto dicendogli che lo vuoisalutare, e gli farò vedere pure l'ammaccatura al paraurti posteriore.Tu non dovrai fare altro, senza girare il collo, di dirgli di trattare con me.Mi raccomando, nell'evenienza, gira tutto il tronco".

Rimisi in moto la macchina e in pochi minuti arrivammo all'aeroporto di Capodichino.

77

Non avevamo appuntamento."Stai attento, è un individuo spregevole, è astuto come un demonio", mi disse il nonno mentre mi indicava l'ubicazione "dell'ufficio", che si trovava proprio a ridosso del salone d'ingresso dell'aeroporto.

Scesi dall'auto, e mi ci recai.

Appena bussato, mi aprì Liborio in persona (mio nonno me lo aveva descritto troppo bene).Mi presentai, dicendo che il nonno voleva salutarlo e che non era in grado di scendere dall'auto.

Dopo aver ricevuto mille salamelecchi il nonno gli disse:"Don Libo', per qualsiasi cosa vi prego di trattare con mio nipote, ma sarò sempre io ad accompagnarlo da voi".

Chiestomi di che cosa si trattava, gli risposi che sarebbe stato opportuno parlarne nel suo "ufficio".

Entrati, gli dissi: "Caro don Liborio, come prima cosa sono venuto qua per assaggiare il vostro caffè, mio nonno me lo ha decantato tanto, so che venite al Vomero a rifornirvi a una famosa torrefazione".

"Vi servo subito", rispose (stavo per dirgli voi non servite...mafavorite) nel dubbio che avesse frainteso l'antifona, mi misi a sedere, e cacciai una mazzetta di banconote per un totale di cinque milioni, e poi l'assegno che avevo in tasca, deponendoli sul tavolo.

Mentre era intento a preparare il caffè, era diventato taciturno, ma quando s'accorse del mio armeggiare, il suo atteggiamento cambiò di nuovo, era quasi allegro quando mi disse:"Di che si tratta, ingegnere" (è inutile aggiungere che aveva notato il "malloppo")."Gustiamoci prima il caffè, don Libo'", risposi.

Adagiata delicatamente la tazzina nel piattino, dopo avergli fatto i complimenti per il caffè, dissi: "Si tratta di questo, signor Liborio. Io sono impegnato nella costruzione di un villaggio turistico nei pressi di Catanzaro Lido, all'altezza di Copanello, non so se lo avete mai sentito nominare".

"Sì, sì, ci sono stati i mie figli".

"Comunque ogni fine mese sono qui a Napoli perché qui ho la famiglia. In definitiva avremmo bisogno di una piccola cortesia da voi".

"Se posso, perché no".

117

"Ci sarebbero due possibilità, o lei ci rinnova la scadenza dell'assegno a trenta giorni, e in questo caso io le sostituirei l'assegno con uno di centodieci milioni, oppure spostare la scadenza di soli quindici giorni, nel qual caso, io le sostituirei l'assegno che ha in cassa con uno da centocinque milioni.Potrei anche, se lei lo preferisce, darle i cinque milioni in contanti, dal momento che li ho portati, e farle appunto l'assegno di centocinque milioni con scadenza a trenta giorni".

"Se non foste il nipote del cavaliere", disse, "sarei molto severo con voi, le scadenze vanno rispettate, però che non accada mai più una cosa del genere", proruppe strofinandosi il viso in modo irritato, "che questa sia la prima e ultima volta".(Sapevo che era la seconda, e che la volta precedente aveva strizzato l'orecchio al nonno). "Ora, dal momento che li avete portati questi soldi", rispose, mentre metteva mano al portafoglio, "fatemi un assegno con scadenza a trenta giorni, come avevate pensato di fare, di centocinque milioni, più i cinque milioni contanti, ma ricordatevi, ora, e mai più. Lo faccio solo per il cavaliere".

78

Appena mise l'assegno del nonno sul tavolo, mi alzai,estrassi il portafoglio dalla tasca interna del giaccone, e ve lo riposirimettendo in tasca il portafogli.

All'uscita della mano dalla tasca, mi sentii pervaso da una vampata d'impazienza, una sensazione che non avevo mai provato prima di allora per l'azione che stavo per compiere, ma durò solo un attimo, ebbe solo il tempo di dire:"Ma, che...", che gli scoppiò un'emorragia cerebrale.

Spalancai la porta chiedendo aiuto, e se per caso vi fosse un medico nella sala.

Immediatamente, accorsero due giovani medici seguiti da altri più anziani, si stavano recando a un congresso.

Il medico che mi sembrò il più giovane, si fece aiutare a stenderlo per terra, mentre prendeva due o tre cuscini da alcune sedie e glieli metteva sotto i piedi per tenerli sollevati.

Il secondo giovane disse che sicuramente si trattava di una sincope vasomotoria, un brusco abbassamento dell'afflusso di sangue al cervello.

Uno dei medici anziani mise un ginocchio per terra mentre poggiava due dita all'altezza della carotide, ma vedendo che non c'era battito, e notando il filo di sangue che colava dal naso, disse:"È morto, si è trattato di un'emorragia cerebrale".

Notando sul viso terreo un'espressione di terrore, aggiunse:"E se ne è anche accorto che stava morendo".

All'accorrere della guardia medica dell'aeroporto, delicatamente mi defilai.

Raggiunto il nonno lo sentii dire:"Deve essere successo qualcosa, ho visto un sacco di gente che correva da questa parte".

No, niente che ci riguardi nonno, mentre cacciavo il portafogli dalla tasca e gli restituivo l'assegno.

"Ma che è questo assegno?".

"Perché, non lo riconosci?".

"Sì ma… come mai?".

Ha detto che siccome si è preso troppi soldi da te, non ne vuole più, e ti manda tanti saluti.

(Per un momento avevo pensato di staccargli un orecchio e portarlo al nonno ma avrei rovinato tutta la messa in scena).

Mercoledì 7/8/2011, ore 10

Trovai Franco sull'uscio di casa, ebbi l'impressione che fosse piuttosto felice della mia presenza per proseguire la sua storia.
Ciò nonostante, mi riparlò del suo timore che io potessi annoiarmi.
"Ascoltami bene, Franco", gli dissi, "ci siamo spinti abbastanza avanti per poter tornare indietro, dai piccoli accenni che mi ventilasti, quello che sta davanti a noi, è molto meglio di quello che ci stiamo lasciando indietro. Quindi tu sei felice, io sono contento, procediamo insieme felici e contenti.Anzi, ti voglio raccontare di un incontro che ho avuto ieri in piazza Vanvitelli.Trovai seduto a un tavolino della caffetteria il mio vecchio professore di scienze.Dopo esserci scambiati qualche convenevole, gli dissi che stavo scrivendo la storia della vita di un caro amico. 'Bene', aggiunse, 'allora sei diventato un biografo,non mi meraviglio affatto, l'intuii che saresti diventato un bravo giornalista'.
Bando di nuovo alle ciance, e partiamo, come vedi, ora sono un biografo".

Si erano fatte le diciotto, l'ora legale ci concedeva ancora tre ore di luce, dissi al nonno che volevo arrivare al cimitero di Poggioreale per conoscere l'altro "finanziere", il nonno sbiancò in volto mentre diceva: "Prendiamoci una pausa, questo è uno tosto, è quello che mi ha spillato più quattrini di tutti".
"Ah, dissi, e quanto ti avrebbe 'spillato'".
"Solo lui, in un anno, almeno cento milioni".

"Va bene, andiamo, nel caso si intavolasse un certo discorso, tu sai solamente che sto costruendo un villaggio turistico in Calabria".

(Ero deciso a fargli sborsare tutto il danaro, sapendo molto bene che non lo avremmo mai ottenuto portandolo in tribunale).

A riprova di questa mia affermazione ho la copia di una lunga lettera raccomandata che spedii all'allora Presidente della Repubblica Sandro Pertini, in cui facevo presente che forse sarebbe stato opportuno che il denaro confiscato agli strozzini andasse a risarcire le vittime e non incamerato dallo stato, ma non ebbi alcuna risposta.

Arrivati al cimitero, raggiungemmo la zona detta il Quadrato.

Mio nonno mi indicò il vecchio mausoleo dove Liborio I operava.

Appena bussai il campanello, scattò una serratura elettronica(mi meravigliai del fatto che aprisse senza assicurarsi prima chi fosse) ma ebbi subito la spiegazione.

Liborio I si affacciò da sopra un soppalco dove facevano bella mostra un monitor e due telecamere.

Mi sembrava proprio uno spaventapasseri, aveva una giacca che gli pendeva da tutti i lati e si notavano le ossa, insomma, era sciatto, il viso era emaciato. Sarà stato sicuramente per associazione d'idee – ci trovavamo in una congrega sconsacrata – che loassociai a un indigente impresario delle pompe funebri.

"Il cavaliere come sta", chiese.

"Buongiorno", risposi, "sono il nipote".

"Lo so", aggiunse, "avrei piacere di salutarlo il cavaliere".

Considerando tutti i fatti, mi sorprese non poco il contrasto tra il suo aspetto, e i modi, parlò con un'educazione che non mi sarei mai aspettato.

"Veramente sta in macchina e anche lui avrebbe piacere di vederla, non è in condizioni di camminare".

"Ah", sbottò, mentre scendeva la larga scala a chiocciola(fu un lampo, per poco non mi scappò a ridere perché pensai a Wanda Osiris).

Uscimmo sullo spiazzale davanti alla cappella, il nonno torcendo leggermente il busto, gli tese la mano. Dopo pochi convenevoli e la raccomandazione a Liborio I di fidarsi ciecamente di me,prendemmo un appuntamento per l'indomani.

"Ciao,ciao, ci vediamo domani".

81

Giovedì 8/8/2011, ore 10

Il portone di casa di Franco era chiuso. Citofonai, ma non mi rispondeva, pieno di paura tenni il dito fisso sul pulsantino per alcuni secondi, quando udii la sua voce:"Enzo!!!".

efece scattare la serratura elettrica, dicendo:"Sali, la porta è aperta".

L'ascensore non funzionava, c'era un cartellino con scritto "manutenzione".

Salii soprappensiero i tre piani.

Raggiunto il pianerottolo entrai attraverso la porta aperta nel vasto ingresso, Franco mi venne incontro in vestaglia e pantofole, al primo sguardo mi resi conto del perché non si era fatto trovare sull'uscio come al solito, e fugai ogni sensazione d'inospitalità.

Non era lo stesso Franco che conoscevo, aveva il viso segnato da rughe, e la carnagione innaturalmente bianca.

Quello che mi è rimasto in mente era una sensazione di tristezza che avevo provato nel vederlo avanzare verso di me. Se fino a poco tempo prima era stato il ritratto della salute, ora era curvo, come se gli gravasse sulle spalle il peso del mondo intero. Era dimagrito e il viso era segnato da rughe profonde.

Non potei non associare tutto questo a quanto quella volta mi disse fuori intervista e che aggiunto oggi, acquista un sapore tutto particolare. Mi parlò, allora, di una... probabile massa, e di citostatici che lo avrebbero messo a nuovo.

Appariva soddisfatto e fiducioso, sebbene già da qualche giorno mi fossi accorto del suo deperimento.

"Ho lavorato tutta la notte", mi disse.

"Ah, e a che cosa?".

"Lo saprai prima di quanto immagini.Sono andato a letto alle otto di stamattina, stavo sognando quando il suono del citofono mi ha svegliato nel mezzo di un bel sogno traendomi da una meditazione in cui ero assorto e in cui avrei continuato molto volentieri a concentrarmi, mi stavo appassionando alla fede dell'immortalità dell'anima, accettavo volentieri l'opinione di Socrate che prometteva, più che non provasse, questa consolante verità. Stavo giusto per entrare col pensiero in seno all'eternità, quando sono stato destato dal trillo del citofono e il bel sogno è svanito, ma mi riprometto di riprenderlo quando avremo finito di lavorare, non è la prima volta che mi riesce di farlo".

"Mi dispiace".

"Non dispiacerti di niente, adesso siediti qui,armati di una buona dose di pazienza, e ascoltami, per favore".

Mi assicurò che la mia presenza in tutti questi giorni lo aveva fatto veramente felice, seguirono alcune parole di circostanza senza una vera importanza, lui stesso se ne rese conto aggiungendo: "Non so se dove sto andando troverò una lingua migliore" guardandomi negli occhi con una serietà che mi sconvolse. Per tutto il tempo fui dominato dalla spiacevole sensazione del cambiamento avvenuto in lui, ma non intendevo arrendermi al suo stato d'animo che giudicai pessimistico.

Rimanemmo in silenzio, stavo pensando in che modo avrei potuto dare un carattere più gradevole alla nostra conversazione, quando disse:"So che andrai in vacanza in questi giorni, e allora ti concedo, anzi ci concediamo, un periodo di riposo, ti auguro di trascorrerlo nel modo più felice possibile, io andrò ospite di zio Luciano nella sua villetta di Capri proprio a pochi passi dall'ospedale Capilupi dove pare che facciano cure che hanno a che fare in qualche modo con l'energia nucleare.Non avrei mai immaginato, quando andavamo insieme a scuola, che un giorno avremmo fatto una simile chiacchierata".

E io non avrei mai supposto, pensai, dopo un lungo silenzio, le emozioni con cui avrei vissuto questi momenti, mentre capii che quella sarebbe stata l'ultima conversazione amichevole con Franco.

"So che partirai sabato", mi disse, "ma una cosa dovrai sempre tenere ben presente, non ho avuto al mondo nessun amico migliore di te, e non temere – non posso essere più esplicito – capirai perché ti ho detto queste ultime parole.Voglio dirti un'altra cosa ancora, determinate azioni a volte sono riprovevoli, ma esse dipendono dallo stato d'animo di chi le compie, non ho agito con la volontà di fare del male, ho ucciso senza odio, ma per amore, sì, amore della giustizia, punendo i colpevoli che con la magistratura italiana l'avevano fatta franca".

Detto questo, aggiunse: "Ti dispiace se interrompiamo l'intervista, Enzo, sono stanco e non riesco più a pensare con chiarezza, anzi, è meglio che te ne vai proprio, altrimenti qui va a finire a tragedia greca".
Si alzò, e ci abbracciammo senza aggiungere null'altro.

82

Rientrai dalle vacanze il pomeriggio del 30 agosto.Avevo già saputo la triste notizia di Franco.Ero stanco del viaggio, e dopo una cena frugale me ne andai a letto nella più grande disperazione. La moglie di Franco era rientrata a Grand Cayman dove aveva alcuni interessi, la casa era stata chiusa. Pasquale mi disse che era stata destinata a una loro figlia che viveva in Canada.
La mattina del 31 mi chiusi nello studiolo e mi sedetti alla scrivania, ma quell'isolamento non mi portava né aiuto nérassegnazione, era qui che si concludeva questa storia? Era tutto finito, la biografia di Franco sarebbe rimasta incompiuta?
Accesi soprappensiero il computer e trovai un'infinità di messaggi, per la gran parte tutto materiale pubblicitario.
Uno in particolare mi colpì, proveniva da Cuba.

Gentile ing. Franco Sarno,
sonoquella donna cattiva che è stata per oltre due anni"l'amante" del suo indegno "zio" Arnaldo.Ho notizie strabilianti per lei e per la sua bellissima famiglia che non sono degna neppure di nominare.
La sconvolgerei se le dicessi che il suo bel "zietto" Arnaldoè ancora vivo?

In questi giorni sono stata impegnata alla preparazione di al-cuni documentiche la riguardano molto da vicino e di cui avrete notizie molto prestoda chi di dovere.

Poiché la "persona" di cui si parla ha cambiato completamente il suoaspetto (neppure io sono stata in grado di riconoscerlo) le dirò a tempo debito qual è la maniera per poterlo fare.Fra qualche giorno avrà notizie strabilianti, mi scusi se sono enig-matica.

Le chiedo un solo favore, prima di partire dall'Italia, me lo fac-cia sapere (avrà capito che occorre la sua presenza qui) le chiederò di portare conlei una...una certa cosa. Mi scusi anco-ra per l'ermetismo.

P.S. Ho preso contatto col suo amico questore il quale mi ha consigliatodi non parlare assolutamente con nessuno di questa vicenda, ad eccezione di Maria e Gaetano.

La saluto caramente,
Maddalena De Maro

83

Ero ancora al computer nell'intento di riordinare le idee, quando bussò al citofono Federico, il portiere."Ingegnere, c'è un plico raccomandato per lei, posso firmare? C'è una piccola tassa di ottocento lire, la pago?".

"Certo", dissi, "e mettimi per favore tutto in ascensore".

Appena raccolsi la busta voluminosa, mi venne un tremore alle mani, era la calligrafia di Franco.

Al N.H. Professor Vincenzo Amoruso
S.G.M.

Carissimo Enzino,

niente piagnistei, ricordo che una volta noi trattammo quest'argomento, che, cioè, noi non incappiamo così, di colpo, nella morte, ma ci avviamo lentamente. Moriamo ogni giorno, anche quando siamo nel pieno della vita, essa sta decrescendo. Abbiamo perduto prima l'infanzia, poi la fanciullezza e la gioventù. Parlammo di clessidre, ricordi? E che esse non svuotano tutti in una volta i loro granelli, così l'ultimo in cui cessiamo di esistere non contempla, da solo, la morte, ma la compie."Ho vissuto e ho percorso la via segnatami dalla sorte", (parole che Virgilio fa pronunciare a Didone prima di morire, Eneide,IV,653).

Mi sembra di parlare di cose di secoli prima, tanto lontane, come ha fatto il tempo a scappare tanto in fretta?

Virgilio non diceva mai che i giorni passano, ma che essi fuggono, aggiungendo che i nostri giorni più belli sono i primi a essere rapiti.

Non bisogna né amare, né odiare troppo la vita, la mia non è stata una decisione affrettata e sconsiderata, tu mi insegnasti le ultime parole che Socrate disse agli amici al momento di bere la Cicuta: "E adesso andiamo, io a morire voi a vivere, chi di noiavrà un destino migliore, lo sa solo Dio". Non so quando ci rivedremo, la filosofia ci ha portati quanto più vicini è possibile alla verità, senza prove concrete, ma quando questo mistero sarà svelato, capiremo che la morte non può essere un male, perché dagli dèi non può derivarci alcun male.

Ora sono stanco, ho avuto in dono una bella vecchiaia che mi sta abbandonando lentamente, sottraendomi a poco a poco la vita, senza strapparmi da essa con violenza.

Anzi, sono diverse notti che ripercorro tutte le tappe della mia vita, e non è un caso, in tutti i miei episodi più significativi ci sei sempre tu. Ricordo che quando compii diciotto anni (tu ne avevi uno più di me) mi facesti entrare come socio onorario al circolo di cui eri presidente, in piazza Medaglie d'Oro. Ho fatto sempre dei figuroni con tutte le cose che ci hai insegnato tu, con tutte le domande difficili che settimanalmente mettevi nella vetrinetta del nostro circolo. Tu eri l'erudito della situazione, per quanto ti schernivi dicendo che il tuo era soltanto un "imparaticcio", nozionismo, proprio così dicesti una volta.

Ma intanto, conoscevi l'etimologia di ogni parola, te ne voglio ricordare qualcuna di quelle che pronunciavamo quasi quotidianamente, ma non ne conoscevamo il vero significato, appunto l'etimologia. Fra le tante, ci insegnasti che era sbagliato chiamare somma il risultato di un addizione, in quanto tale nome fu dato alle addizioni quando anticamente gli addendi venivano assommati da sotto in su, summa, significava appunto, sopra. Ora si dovrebbe chiamare "ipo", "sotto". Per non dire del termine "pietanze", chi mai avrebbe immaginato che erano cibi dati ai poveri per pietà, appunto "pietanze"?

Il massimo lo facesti col nome di Platone, questa domanda rimase nella bacheca per oltre un mese, dopo aver sfogliate tutte le enciclopedie possibili e immaginabili, dovemmo arrenderci e venire da te, per sapere che si chiamava Arìstocle, e che Platone era un soprannome che gli aveva affibbiato il suo maestro di ginnastica perché era un omone con le spallelarghissime (praticava il pancrazio, una sorta di lotta e pugilato) e dal momento che siamo in tema di filosofia, ti ricordi del libro importante che ti regalò tuo nonno al compimento dei tuoi quindici anni, l'*Apologia di Socrate*? Lo leggesti tutto d'un fiato mi dicesti, e ne parlavamo quasi tutti i giorni. Fin quando non ti chiesi di prestarmelo. Io avevo quattordici anni allora, e non potrò mai dimenticare il figurone che feci a scuola.

Una mattina la maestra iniziò le lezioni dicendo: "Ragazzi, oggi parleremo di Socrate, qualcuno di voi lo ha sentito nominare?".Alzai la mano, e la maestra disse: "Ah Sarno, che cosa sai di Socrate?".

"Socrate era ateniese, cominciai col dire, "morì a settant'anni. 469-399 a.C.La moglie si chiamava Santippe, ebbero tre figli: Lamprocle,Sofronisco e Menesseno, Il primogenito era Sofronisco dal nome del nonno paterno famoso scultore.La mamma si chiamava Fenarete, e faceva la levatrice, come la levatrice estrae gradualmente dal grembo materno il corpo del neonato, così egli, altrettanto gradualmente, aiuta l'interlocutore, attraverso l'arte che amava definire maieutica,a dare *alla luce* la verità.

Era l'unico filosofo che sapeva di non sapere (così diceva,non certo per falsa modestia). Le sue ultime parole famose che disse agli amici presenti, all'atto di bere la cicuta, furono *e adesso andiamo, io a morire, e voi a vivere, chi di noi avrà un destino migliore lo sa solo Dio"*.

(All'applauso dell'aula mi nascosi sotto il banco) quando lo raccontai a casa, mio padre mi disse:"E adesso stai sicuro che per il resto dell'anno non sarai più interrogato".

Ci sono ancora due ultimi episodi che mi rimasero impressi, Quello di quel signore anziano che ci veniva a trovare di tanto in tanto, al circolo e si faceva chiamare il professore, e che dimostrò ancora una volta che il professore eri tu.

Dunque, una mattina chiese il favore di poter mettere un avviso nella nostra bacheca a proposito di una camera in famiglia che si fittava, con tutti i "confort" preferibilmente a una studentessa, Quando tu in sua presenza aggiungesti la lettera i alla parola"confort". Il poveruomo, non ti conosceva a fondo, aggiunse: "Io veramente l'avevo scritta all'inglese", al che tu quando se ne andò, sostituisti la enne con la emme: "comfort".

A proposito dell'inglese, questa è l'ultima e te la debbo proprio dire, quella volta che il "professore" usò le parole "leit-motiv", scusandosi per l'inglesismo che aveva usato, avesti la delicatezza di aspettare che se ne andasse per spiegarci che i termini "Leit" e "motiv" provenivano dal tedesco, ci desti pure la spiegazione ma non me la ricordo, ma so per certo che provengono dalla lingua tedesca, perché lo hai detto tu.

(A proposito dell'origine del nome "professore", sapemmo poi dal barbiere che avevamo in comune che ogni volta che vi si recava, diceva sempre qualche parola difficile, per cui il ragazzo della spazzola lo chiamava "professore") non lo sapeva, poverino, che tu volevi conoscere sempre l'etimologia di ogni parola.(E questa volta volesti sapere il termine "professore" da che cosa derivava).Riprendendo quanto ti stavo dicendo,a un certo punto della vita, si prova un senso di nausea, non che la vita sia una cosa noiosa, ma è inutile, ormai.

Ringrazio il buon Dio per avermi condotto, ormai sazio, a quel riposo che è necessario ad ogni uomo e che è gradito appunto a chi è stanco.

Si arriva alla fine della vita come alla fine di un impiego, con la sensazione che una fase della nostra vita abbia concluso il proprio corso. (Se avessi avuto un poco di fede in più, avrei pensato a qualcosa che finisce, ma che ricomincia senza avere mai più fine).

(Le parole di saluto le ho copiate dal tuo libro *Il giorno che dovremo "perdere"*, edito da Guida, scusami).Abbiamo iniziato un po' per scherzo quest'avventura, un esperimento dicesti tu, provare a scrivere un romanzo giallo,a ritroso.

Lo scrittore di gialli, ci dicemmo, conosce fin dall'inizio chi è il colpevole, a noi era sembrato più onesto farlo conoscere anche ai lettori. Per questo motivo, nell'ultimo capitoloci sarà la spiegazione del meccanismo dei vari atti di giustizia, e non l'identificazione del "colpevole" che ben conosciamo.Ma poiché un romanzo giallo che si rispetti deve pur sempre, fra colpi di scena rivelatori durante la narrazione, nascondere in qualche modo qualcosa, in questo caso, sarà la fine, l'inizio della più bella storia d'amore mai scritta al mondo.

Pensa alle parole del Gorgia nell'*Elogio di Elena*, ti ricordiche ne parlammo? "La parola è un grande dominatore", scriveva, "che divinissime cose sa compiere; riesce infatti a calmar la paura, a eliminare il dolore e a suscitar la gioia e a ispirar la pietà. Essa fa apparire agli occhi della fantasia l'incredibile e l'incomprensibile. C'è tra la potenza della parola e l'ufficio dell'anima, lo stesso rapporto che passa tra l'ufficio dei farmaci e la natura del corpo".

Dovrai dunque cercare il vate che la scriverà perché tu sei un semplice biografo? (Così mi dicesti) e allora risveglia il vate che è in te, perché sarai proprio tu a scriverla.

P.S. Ieri in una riunione plenaria di tutti i dirigenti, il grande tavolo tondo mi ricordò la domanda semiseria che Socrate poseai suoi allievi al liceo, e la proposi. (Domanda la cui risposta era già insita nella domanda stessa)."In un tavolo tondo, dove si siede il capotavola?".

E tutti a dire che in un tavolo tondo non esiste un capotavola,o tutt'al più sono tutti capotavola.

(La risposta invece era: "dove si siede il capotavola").

84

Strappai con violenza le fascette che la tenevano ben chiusa evi trovai il prosieguo del racconto, che iniziava dal giorno dopo in cui ci eravamo salutati, con la data in progressione.

131

Venerdì 9/8/2011, ore 10

Ero preso dai turchi, non sapevo da dove o da che cosa cominciare, quando il trillo del telefono mi fece fare un sobbalzo: alzai prontamente la cornetta.

"L'ingegnere Sarno?".

"Sì", risposi.

"È il Credito Italiano di Grand Cayman, Abbiamo provveduto al saldo tramite bonifico dello scoperto del conto di suo nonno con la Banca d'America di New York dei quattro milioni di dollari dovuti. La sua segretaria, signora De Maro, ci ha consigliati di avvisare lei, considerate le condizioni di salute del cavaliere, a giorni le manderemo alcuni documenti liberatori.Tanti auguri per suo nonno".

Qua stiamo in mezzo ai pazzi, mi venne in mente di dire. E adesso, che faccio?

Per prima cosa, spensi il computer e scesi in strada a fare due passi per ordinare le idee (ci riuscivo molto bene quando passeggiavo, alla maniera dei peripatetici).

85

Venerdì 9/8/2011, ore 10

Il racconto di Franco si era fatto così affascinante che loleggevo incantato, senza badare più al tempo che passava.

Dunque, per l'episodio di Liborio I, c'è un antefatto.

Devi sapere che circa sei mesi fa, quel mio amico architetto di cui ti dissi che stava costruendo un villaggio turistico nei pressi-

di Catanzaro lido, mi chiese se potevo "prestargli" il mio capo-
mastro per un paio di settimane, giusto il tempo di picchettare
tutta la zona da edificare.Si trattava della costruzione di ventiquattro palazzine bifamiliari.

Gli "prestai" Paolo, uno dei due operai specializzati che avevo,
dato che in quel periodo stavamo lavorando poco.

Il sabato successivo al "prestito" lo andai a trovare.

Il cantiere era chiuso (lo sapevo), mi ricevette proprio Paolo,
che la notte fungeva anche da guardiano, dormiva nella roulotte
dell'ufficio vendite.Gli dissi che forse in quei giorni avrei portato dei probabili acquirenti e di... "tenermi bordone".Lo dissi per
scherzare.

"Ingegnere, non ho capito bene".

"Volevo dire di assecondarmi sul fatto che ho raccontato loro di
essere il progettista e proprietario. Forse verrò proprio sabato
prossimo", gli dissi, "non farlo sapere all'architetto perché gli
voglio fare una sorpresa".

"Va bene, ingegnere, non c'è problema".

La mattina dopo mi incontrai da solo con don Liborio.

Mi ricevette nel suo "ufficio", incominciammo a parlare del più
e del meno, scambiandoci convenevoli di rito.

A una più approfondita conoscenza mi resi conto che era soltanto un volgare stupido.

86

Di tanto in tanto venivamo disturbati da qualche suo giannizze-
ro, e lui dava ordini come se fosse stato un grande boss, poi faceva commenti volgari sul loro servilismo. Aveva una cosa a
suo vantaggio, la forza del danaro, che ostentò un minuto dopo.

Difatti, all'arrivo dell'ennesimo tirapiedi che gli comunicò di aver portato a termine "l'incarico" aprì lo sportello di una sorta di armadio cassaforte, che si rivelò pieno zeppo di banconote.

Ne estrasse un voluminoso fascio e, dopo aver asportato una fascetta che le teneva serrate, ne contò un grosso numero e le buttò su un tavolo poco distante dicendo: "Contatele".

Dopo averle contate ben bene, l'amico si accomiatò dicendo: "È stato un piacere servirvi, don Libo'".

Ma aveva anche altre peculiarità don Liborio che mi tornavano molto utili, oltre ad essere stupido, non faceva conoscere a nessuno i suoi intrallazzi, cosa che, come avevo previsto, si verificò di lì a poco.

Sulla scrivania avevo notato la foto di due bellissime figliole, e mentre gli raccontavo del villaggio turistico che stavo costruendo in Calabria, chiesi: "Chi sono queste bellissime ragazze?", tutto impettito rispose:"Sono le mie due figlie, gemelle".

"Ah, e perché non compra una delle mie ville bifamiliari, le faccio fare un affare, e così da sposate restano vicine".

Mi guardò un poco...perplesso, l'idea non gli dovette sembrare tanto peregrina.Prima che mi rispondesse, aggiunsi:"Proprio domani devo andare sul posto, di solito vado il venerdì per pagare gli operai, ma la settimana scorsa, in previsione dell'incontro con lei oggi, gli pagai due settimane".

"Dove si trovano esattamente queste ville?".

(Si stava cuocendo).

"Scusa Libo', perché non ci diamo del tu".

"È un grande onore che mi fai", rispose, subito prendendo la palla al balzo. "Mi stavi parlando della località".

"Esattamente. Non so se conosci la zona, in effetti si trova sul mare di Catanzaro Lido e confina con la località Copanello".

"Oh Cristo Santo!Le mie ragazze ci sono state l'anno scorso, con i rispettivi fidanzati, e sono tornate a casa estasiate:'Il mare, il mare, papà, non puoi immaginare, te lo potresti bere'. E mi porteresti con te domani?".

"E perché non dovrei? Allora facciamo una cosa, ti avevo portato cinque milioni in contanti per spostare la scadenza dell'assegno del nonno di quindici giorni, a questo punto rimandiamo tutto a domani".

"Va bene,va bene", disse tutto infervorato,"a che ora partiamo?".

"Di solito parto sempre alle sei del mattino, e alle dieci e mezzo-undici sono là".

"Affare fatto, ti chiedo una sola cosa, nel caso si avverasse questo sogno delle mie figlie, di non farne parola con nessuno, gli voglio fare una sorpresa".

("E che sorpresa", pensai).

"Ti vengo a prendere proprio qua fuori. Allora a domani, verso le sei, sei e dieci, ciao".

87

Sabato 10/8/2011, ore10

Arrivai alle sei e qualche minuto, lo trovai sul raccordo che conduce direttamente all'autostrada poco fuori il cimitero.

Era elegantissimo, jeans e maglietta firmati, mi si accostò con un poco di timidezza, quando gli dissi:"Salta su", si rincuorò.

Ci fermammo alla prima stazione di servizio dove ordinammo due croissant e due cappuccini, che per forza volle pagare lui, anzi, mi propose addirittura di dividere le spese della benzina.

"Non se ne parla neppure, tu lo sapevi che comunque io avrei dovuto andarci".

A metà strada facemmo una sosta ehm…"tecnica", (il buon Totò avrebbe detto "per un'esigenza fisico-idraulica"), devo dire-
che fu un buon compagno di viaggio (ah, se solo avessi potuto
dirgli:"Restituiscimi i cento milioni che hai sottratti al nonno,
esiamo pari".Durò solo un attimo questo segno di debolezza
mentale, quest'illusione, da parte mia).

Arrivati a Soverato, facemmo un'altra sosta tecnica all'hotel
SanDomenico, dove fui ricevuto con tutti gli onori dal direttore-
al quale presentai il mio amico Liborio I.

Prendendo la palla al balzo, il direttore mi disse:"Senti ingegne',mio figlio vorrebbe cambiare la casetta del piano di sopra
con quella di sotto, mia nuora preferisce il giardino al solarium,
si può fare?".

"Professo', per te si può fare questo e altro. Torno martedì e ne
parliamo".

Arrivati al cantiere, alla mia solita bussatina, toctoc, accorse Paolo che spalancò il cancello di legno, profondendosi anche lui in
saluti.

Liborio scese dall'auto, e alla visione delle quattro villette già
completate seminascoste dai pini, rimase di stucco.

Al rumore della risacca disse:"Ma il mare sta così vicino?".

Difatti le prime villette erano proprio al limitare della pineta, a
pochi metri dalla discesa a mare.

Di altrettante quattro villette erano appena state ultimate le strut-
ture in cemento armato. Le consegne erano previste per Natale o
comunque nei primi giorni dell'anno.

Erano passati pochi minuti quando vidi arrivare il direttore del
SanDomenico con il figlio e la bella nuora.

"Scusami ingegnere, ho voluto approfittare della tua presenza
per definire quel favore che ti avevo chiesto".

"Dunque, qual è il problema?", risposi, e mentre i ragazzi si avviavano verso il giardino del primo villino, dissi loro di entrare

pure se volevano e che tra poco li avremmo seguiti io e il mio amico.

88

Chiesto il permesso di allontanarci per qualche minuto, io e Liborio andammo a sederci nella roulotte che fungeva da ufficio vendite. Appena seduti dissi a Liborio:"Allora? Che te ne sembra?".

"Il paradiso terrestre", rispose, "quanto viene a costare una villettadi queste?".

"Intendi dire completa, tutte e due case quella sotto e quella sopra?".

"Certo", rispose.

"Ascoltami", dissi, mentre prendevo da un cassetto dei contrattini prestampati, "questo già redatto non dovrei fartelo vedere, ma dal momento che siamo amici, te lo mostro.Questo è il contratto del direttore dell'albergo, come vedi, porta questi prezzi: il piano terra coi suoi cento metri quadrati circa di giardino, è venuto a costare centodiecimilioni, e il piano superiore, col solarium, novanta milioni.

L'intera proprietà, compreso l'uso di un ombrellone e due sdraio o lettini, per ogni singola casetta per tutto il periodo estivo, viene duecento milioni.Ti dico di più, le prossime venti ville intendo venderle a non meno di duecentoquaranta milioni.Intanto andiamo prima a vederle, non ti ho detto nemmeno che sono complete di arredamento".

Raggiungemmo i ragazzi che stavano girando per il giardinoe dissi loro: "Fate pure con comodo, io porto il mio amico a visitare le due casette".

A ogni ambiente Liborio si faceva il segno della croce.L'arredamento era stato fornito da una ditta specializzata.La camera da letto portava un letto matrimoniale e un guardarobache copriva un'intera parete lunga cinque metri, sul lato destro due finti portelloni orizzontali si aprivano e contenevano due letti a castello.

Nella seconda camera da letto vi erano due lettini più il medesimo guardaroba, per cui i posti letto risultavano essere complessivamente otto, più i due del divano letto nel vasto salone.

Finito di "segnarsi" Liborio disse:"La voglio, la posso avere subito?".

"Ah, vediamo un poco come si può fare, perché per la verità tre e mezza sono già vendute, e le altre quattro sono prenotate, ho avuto le caparre, e poi ognuno di loro ha scelto la sua".

Mentre il direttore dell'albergo e i ragazzi mi si avvicinavano, mi venne un'idea.

"Ragazzi", dissi, "siccome in un primo momento diceste che la casa la volevate per Natale, sareste disposti a cedere la vostra casetta al signor Liborio che la vuole tutta intera? E vi faccio una promessa, la vostra sarà la più bella".

Il direttore che era un uomo di mondo, per non farmi perdere l'affare, intercesse preso i ragazzi che, alla mia promessa, accettarono.

Nel salutarlo lo pregai di tenermi una camera per la settimana successiva.Mi rispose che non sarebbe stata cosa facile, perché si era in pieno agosto."In qualche modo faremo", disse. Mentre si allontanavano dissi loro che ci saremmo rivisti perché sarei andato a pranzo al ristorante dell'albergo.

Tornati nell'ufficio presi un contrattino e lo riempii con i dati di Liborio, si trattava soltanto di mettere qualcosa per iscritto perché già Liborio mi aveva manifestato l'idea di intestarle alla rispettive figlie.

90

"Allora facciamo così", disse Liborio, "lunedì mattina se non ti dispiace ti aspetto nel mio ufficio, ti faccio trovare i due asseg…".

"No, no", lo interruppi, "facciamo tutto per contanti".

"Va bene, allora ti do cento milioni in contanti, e l'assegno di tuo nonno".

"Un'altra cosa, Libo', fammi trovare i dati delle tue figliole, in modo che intestiamo a loro le proprietà, e gentilmente ti dovrai interessare tu di far registrare i contratti.Adesso andiamoci a fare una bella zuppa di pesce, che pagherai tu, dal momento che tu hai fatto l'affare.E per non passare per fesso, ti voglio dire che in questo modo, la villa ti è venuta a costare centonovanta milioni, e non duecento, perché il netto ricavo dell'assegno del nonno fu di novanta milioni, ma, 'l'amicizia' comporta anche questo".

91

Lunedì 12/8/2011, ore 10

La mattina dell'appuntamento con Liborio mi svegliai molto presto, era la volta buona per andare a cogliere i mandarini del giardino del nonno, erano giorni e giorni che me lo ripeteva.

139

Il fittavolo, togliendomi il gusto di raccoglierli da me, prese una grossa cesta e si avviò verso il folto degli alberi di mandarini.

Mi sedetti al fresco su una grezza panchina sotto un grosso platano, mi divertiva molto lo spettacolo della gallina che razzolava con intorno cinque o sei pulcini nati il giorno prima.

A un certo punto, due pulcini si allontanarono di qualche metro dalla chioccia, ma poi improvvisamente tornarono di corsa a nascondersi sotto le sue ali.

A volte, non è sufficiente guardare le cose, così, distrattamente, e io sono sempre stato un osservatore acuto.

Insomma, bisogna saper guardare anche le piccole cose, e interrogarsi e meravigliarsi, se è il caso.

Difatti, dopo un po', comparve un gatto, ebbi giusto il tempo dichiedermi: "Come mai hanno paura del gatto se sono nati ieri?", mentre non temevano un grosso cane che stava scavando un fosso proprio vicino a loro.

Non ebbi il tempo di raccapezzarmi perché in quel momento tornò il contadino, comunque, mi ripromisi di approfondire questa riflessione appena ne avessi avuto il tempo.

Avevo portato con me una grossa busta, con dentro due o tre buste più piccole, nel caso avessi dovuto dispensarne un poco, difatti fu esagerato, me ne raccolse almeno sei o sette chili.

Arrivai al cimitero alle dieci precise, era diventata per me ormai un'ora fatidica. Parcheggiai l'auto nel cimitero superiore, e mi avviai a piedi giù per la discesa che portava alla zona denominata il Quadrato.

Da una certa distanza vidi fermi un paio di suoi uomini fuori alla congrega, ma proprio in quel momento, montarono in auto e se ne andarono.

Parcheggiata nell'ampio piazzale vi era una macchina della polizia che avrebbe fatto al caso mio, pensai nel caso avesse avvisato un paio dei suoi...soggetti che io camminavo con cento milioni nella busta – da diversi giorni si verificavano piccoli furti, per lo più di vasi di fiori, di rame o di ottone, da parte di piccoli zingarelli–mentre la pantera della polizia stava per ripartire per un giro di ronda, mi avvicinai, e dopo aver scambiato qualche parola, offrii loro una buona quantità di mandarini che gradirono molto."Come sono profumati",mi disse uno dei due."Li ho appena raccolti", risposi.

Appena bussai al citofono, scattò subito la serratura.Entrando vidi Liborio affacciato al suo solito *sancta sanctorum*, che mi disse:"Vieni, vieni, caro, sali".

Mentre mi apprestavo a salire disse:"Ho visto la macchina della polizia qua fuori, o mi sbaglio?".

"No, no, non ti sbagli, sono amici miei, mi sono fatto accompagnare fin qua.Ti ho portato un po'di mandarini del giardino del nonno", gli dissi, mentre lui armeggiava nell'armadio blindato che ben conoscevo.

"E anche alcune bellissime foto del villaggio di Copanello, ma credo che non potrai farne uso per il momento, visto che hai deciso di fare una sorpresa, te le lascio comunque".

Tutto baldanzoso mi si avvicinò, dicendo:"Qua sta l'assegno del cavaliere, e qui in questa busta vi sono dieci mazzette da dieci milioni l'una, sono ancora sigillate così come me le ha date la banca, non occorre contarli". (Dubitavo molto che li avesse prelevati in banca, a ogni buon conto ad una guardatina finto superficiale, mi resi conto che la cifra doveva essere esatta).

92

"Se ti siedi un momento ti mostro le foto e ti do pure il contrattino che potrai andare a registrare a nome delle tue figlie".

Appena si sedette, fui preso da un impercettibile tremore alle mani, poggiai sul tavolo le foto che avevo veramente, e per non far notare il tremore rimasi con le mani appoggiate sul tavolo.

Dopo aver tirato un lungo respiro, mentre lui spulciava le foto, presi l'assegno del nonno e me lo misi nella tasca interna sinistra, ma...passarono non più di due secondi, che gli furono fatali, rovesciò la testa all'indietro con una fulminante emorragia cerebrale.

Dopo avere con calma raccolto tutte le mie "cose", me ne uscii dall'ingresso di sotto, quello che dà su via Poggioreale, avevo già preventivato l'eventuale rincontro con la polizia, ma ero sereno, ci sarebbe stata al massimo la stessa pantomima della volta precedente, né più, né meno.

93

La mattina dopo tutti i quotidiani di Napoli parlavano della morte del Re dei fiori (ebbe l'onore della prima pagina).

Cronaca di Napoli

Il Re dei fiori, al secolo... Liborio I, il più grande grossista di fiori del Mezzogiorno, (importava dall'Olanda e da San Remo) è morto per emorragia cerebrale...uomo integerrimo e padre esemplare lascia la moglie e due figlie bellissime in procinto di sposarsi.

Martedì 13/8/2011, ore10

Quel pomeriggio Franco ricevette una lettera molto spiacevole, proveniva dallaGrand Cayman.

Caro signore
da indagini molto serie ho saputo che lei è un ex galeotto, come ha osato mettere gliocchi su mia figlia che per di più è poco piùche una bambina?
Stia lontano dalla mia famiglia altrimenti lefarò passare brutti guai, ho molte amiciziein alto loco.

Tanto le dovevo

Seguito da una firma illeggibile.
"Per la verità", mi disse Franco, riflettendo, "non è che me la sia presa più di tanto".
Con questo non voglio dire che io non avessi avuto una passioncella per quella ragazzina, ma è stato quel "galeotto".Non avevo mai considerato che le parole potessero avere un tanfo, eppure quelle lo avevano, puzzavano di marcio, mi fecero l'effetto di quell'amaro che si trova spesso nei cruciverba, l'aloe, per quanto non lo conoscessi, e che mi hadisturbato non poco, facendomela scadere dal cuore. Si sa, le colpe dei padri cadono sempre sui figli.
La sera stessa mi venne il desiderio di telefonare a Maria e Gaetano.Fare un'interurbana dal Vomero sarebbe stata un'impresa, così presi la funicolare centrale e mi recai in via De Pretis dove era collocata una centrale telefonica della SIP.
Le cabine erano tutte occupate, ad ogni modo la signorina del centralino prese la mia prenotazione.
Dopo circa un'ora mi sentii chiamare: "Ingegner Sarno, Grand Cayman in linea, cabina sette".
Fu Maria in persona a rispondere al telefono, e non riuscì a parlare per le lacrime che le soffocavano la voce, le dovettero

143

prendere le convulsioni, e non riuscendo a dire parola, diede il telefono a Gaetano.

"Franco", disse Gaetano, "Dio santo, sei qui!".

"No Gaeta', chiamo da Napoli".

"Hai ricevuto la lettera di Aldo? So che te l'ha spedita due giorni fa, qua stanno succedendo cose da pazzi, penso che dovrai venire al più presto, ma ti spiegherà tutto Aldo. Un'altra pazza sta vicino a me, adesso ti vuole parlare, ciao ti saluto e te la passo, penso che ci vedremo molto presto".

"Ciao Franco, come stai?".

"Benissimo, mamma Maria, e tu?"...silenzio, "Ho detto, benissimo, mamma Maria, e tu? Ho capito va', ti mando un bacio. Aspetto la lettera di Aldo, e parto".

94

Tornai a casa che era mezzanotte, ero troppo elettrizzato per andare a letto, sapevo del resto che non mi sarei addormentato in quelle condizioni.Mi stesi sul divano e accesi la radiolina, stavano replicando una trasmissione che si chiamava Lucignolo, dire che l'ascoltavo sarebbe stato un eufemismo, la mia testa stava alla lettera di Aldo.

Mi svegliò il suono del citofono – erano le dieci, avevo fatto tutto un sonno – era Federico che mi annunciava una lettera raccomandata arrivata per *AirMail* – disse proprio così, in gioventù aveva lavorato per gli americani – me la feci mettere nell'ascensore.

Caro Franco,
voglio dirti subito che abbiamo trovato la donna,anzi, per essere corretto, lei ha trovato noi.

Lasciai alcuni miei bigliettini a diversi parrucchieri e istituti di bellezza, per fortuna colpii nel segno.

Devo dirti anche che non è affatto quella viragoche pensavamo che fosse, anzi, a parte la bellezzadovuta non soltanto alla gioventù – ha da pochi giornisuperati i vent'anni – quindi è ancora minorenne, èanche una donna dal cuore immenso (ne ho avuto testimonianze io stesso, e le avrai anche tu se già nonle hai avute). La ragazza è rimasta in ottimi rapporti con la suocera, e le ha telefonato perché ti consegnasse quellecose che lei sa.

Nella bustina troverai l'indirizzo della signora, che abita a Meta di Sorrento, e i numeri di telefono suoi e della figlia.

Mi diceva la signorina Lena di andare con l'auto del nonno perché è attrezzata a tali tipi di trasporti.Vieni prima che puoi, qui ti aspettano grosse sorprese.Ti voglio solo anticipare che a parte il brutto episodiocapitatole in casa, non è assolutamente vero niente ditutto quello che credevi di sapere.

Ti aspettiamo impazienti,
il tuo amico Aldo

95

Mercoledì 14/8/2011, ore 10

Quella mattina mi alzai molto presto, ero in fibrillazione al pensiero di tornare sul luogo del delitto.

La sera precedente avevo telefonato alla suocera di Lena, mi disse che l'indomani sarebbero state tutta la giornata in casa, lei e la figlia, perché avevano da bollire molte bottiglie di pomodoro, e che sarei potuto andare a qualsiasi ora del giorno.

Mio zio Luciano mi aveva regalato da qualche tempo il suo vecchio computer, uno di quelli col monitor e la tastiera, dicendo: "Per un principiante è più che sufficiente".(Lui si era comprato uno dei primi portatili). Non mi fu facile tradire la mia vecchia Lettera 22, e non fui capace di prenotare un biglietto aereo come fece Luigino la volta precedente.

A ogni buon conto, dopo essermi ben rasato e fatto una bella doccia semicalda, scesi in garage e presi la macchina del nonno.

Come prima cosa mi recai all'aeroporto di Capodichino per informarmi circa la modalità per portare con me animali. Chiestami la destinazione non fece nessuna obiezione, spiegandomi poi che per molti altri paesi sarebbe occorsa una documentazione particolare.

La bella signorina fu molto gentile quando le dissi che non ero pratico per sbrigare tutte le incombenze perché era la prima volta, sorridente mi disse:"C'è sempre una prima volta", e quando mi vide dubbioso, aggiunse: "Non si preoccupi, mi dia intanto i documenti. Ma che ci fa un giovane ingegnere solo soletto a Cuba?".

"Veramente vado alla Grand Cayman".

"La Grand Cayman, ma io le sto facendo il ticket per Cuba".

"Perché c'è forse un volo diretto?".

"Certamente, ah, questi begli ingegneri che fanno per la prima volta una cosa", disse ridendo, e parlando tra sé, e sé: "Aeroporto Internazionale Owen Roberts. Grand Cayman".

E in pochi secondi mi consegnò una busta con la quale avrei dovuto presentarmi l'indomani almeno due ore prima della partenza che era prevista per le ore 19.

96

Ripresi la macchina e mi avviai a prendere l'autostrada per Sorrento. (Sant'Agnello si trovava pochi chilometri prima).

Trovai subito l'indirizzo delle signore, che furono molto solleci-
te a caricarmi direttamente in macchina le due gabbie.

La mamma e la sorella di Arnaldo avrebbero avuto piacere di
parlare con me della "disgrazia" (proprio così mi dissero) che
aveva avuto il figlio, chissà cosa le avevano detto.

Dissi di non saperne proprio niente,che ero in partenza il giorno
dopo, e che magari al rientro avrei potuto meglio ragguagliarle.

Tornando a casa, misi l'auto nel box, e lasciando socchiusa la
porta basculante, aprii le gabbie per fare uscire gli animali.

Uscii a mia volta per andarmi a procurare un recipiente per
l'acqua e alcune scatolette di carne.

Non ti ho detto che ero atteso a pranzo a casa dei mie genitori, è
stata una dimenticanza, scusami, e mi ci recai.Non li vedevo
da…ehm…dalla gita in Calabria.

Appena mamma sentì che l'indomani sarei partito, apriti cielo."Non scherzare con me con queste cose", disse, "lo sai che a
me vengono le palpitazioni".

Me l'abbracciai dicendole che le avrei spiegato che era per lavoro, ma intanto mi si avvicinò il nonno."Che fai? Non ho capito,
parti un'altra volta?".

"Tu vieni con me", gli dissi, "dobbiamo parlare un poco,e pre-
solo per un braccio, lo trascinai quasi nel suo studio".

Mentre dicevo: "Sediamoci", presi il portafoglio e gli restituii
l'assegno di Liborio I.

"Ma che è?".

"Un'altra volta mi dici che è, non lo vedi che cos'è".

"Sì, ma come mai?".

"Lo sai, io sono un diplomatico (me lo hai sempre detto, non è
vero)? Insomma Liborio mi ha detto: 'Sono pentito di tutti i soldi che ho sottratto a tuo nonno' – adesso ci diamo il tu – e fosse
niente, guarda questa ricevuta".

"È un versamento di cento milioni sul mio conto, ma dove li hai presi?".

"Me li ha dati lui, in questo è stato onesto, non mi dicesti che si era preso giusto cento milioni da te, te li ha voluto restituire tutti, per paura che la sua anima andasse all'inferno".

97

Giovedì 15/8/2011, ore 10

Il giorno dopo, mi presentai all'aeroporto con tre ore di anticipo, mi fecero consegnare le gabbie a un addetto, gli diedi una buona mancia perché trattasse bene i miei "amici", e mitrattenni al bar con un giornale e una tazzina di caffè.

Quel giovedì, trovai un messaggio per me.

Caro Enzino,
aquesto punto so quello che staipensando vedendomi partire,
vuoi chete lo dico? E io te lo dico: "Ma come,Franco mi aveva
detto che ne erano sette". E tanti ne sono, li leggerai più avan-
ti,riuscii a mantenere la promessa fatta a Monica, ma questa è
acqua passata.Ho riflettuto sulla vicenda e mi sono reso conto
che le ragazzine che frequentavano il locale di Gaetano, in fin
dei conti erano una uguale all'altra(non si tratta della favola
della volpe e l'uva).
Evidentemente, non era quella la mia animagemella, io cerca-
voDulcinea – a Napolicredetti in gran segreto di averla trovata,
ma sarebbe stata una storia troppo bella peressere vera, alla
Dante e Beatrice.
Ciao, ti voglio bene.

Nell'attimo in cui pensai che il tempo si fosse fermato, udii la voce dall'altoparlante che annunciava:"Volo Aerolinas Argentinos 1144, destinazione Aeroporto Internazionale OwenRoberts di Grand Cayman, si invitano i signoripasseggeri ad imbarcarsi con cortese sollecitudine. Uscita cancello sette".

Mentre l'aereo rullava per apprestarsi al decollo, la mia testa era un vulcano, questa volta, pensai, non avrei dormito, ma invece, mentre osservavo ancora una volta le nuvole e l'oceano che scorrevano via sotto l'ala, come qualcosa di ipnotico, mi assopii di nuovo.

Aprii gli occhi nel momento in cui ci apprestavamo ad atterrare. Piccole isole verdi galleggiavano sull'acqua blu, poi una delle isole divenne molto più grande e capii dalla sua forma che era la Grand Cayman.

L'aereo si adagiò dolcemente al suolo dopo aver sorvolato a bassa quota la bellissima spiaggia di Seven Miles e il lungomare, dove i grossi frangenti di onde crestate di spuma erano sfidate da piccole figure ritte sulle loro tavole da surf che si reggevano in equilibrio nella veloce corsa verso la spiaggia, e gli alberghi e tutte le grandi attrazioni per i turisti.

98

All'Air Terminal vidi dal finestrino Gaetano e Maria che si sbracciavano, fu un arrivo trionfale, riconobbi subito pure le sagome di Aldo e Luigi.

Fu accostato il corridoio mobile allo sportello dell'aereo, e uscimmo direttamente nel grande salone.

Appena recuperato il bagaglio, uscii sotto un sole splendente, era il mese di giugno, e i vestiti con cui ero partito da Napoli erano troppo pesanti, anche se il sole stava calando verso occidente, mentre venivo investito dal familiare profumo del mare e dei bellissimi fiori locali.

C'era...c'era Lena poco distante, era venuta con la sua auto per ritirare le gabbie, i cani le fecero delle feste incredibili, la conoscevano molto bene, eppure erano passati due anni.

Maria mi teneva avvinghiato, e naturalmente piangeva, ma il mio problema interiore era ben altro in quel momento, non sapevo che atteggiamento assumere con Lena, mentre mi si avvicinava dicendo: "Buon giorno ingegnere, si ricorda di me?".

Non so com'è che non mi si piegarono le gambe, ma erano sulpunto di farlo.

"Certo", avrei voluto urlare, "sono due anni che vivi nei miei sogni" ma dissi semplicemente: "Come si può dimenticare il viso di una donna così bella dopo averla conosciuta".

"Galante", rispose lei, "l'ho gradito molto questo complimento, in modo particolare perché fatto da lei".

Quando si accorse del modo in cui ci guardavamo io e Lena, Maria si ingelosì a tal punto che intervenne dicendo:"Per adesso me lo prendo io, poi si vedrà".

Ci recammo al B&B a posare i bagagli.Le gabbie le lasciammo nel sottoscala, i cani furono lasciati liberi nel giardino, ma tenendo ben chiuso il cancelletto.

I cani da caccia,ogni cacciatore lo sa, una volta liberi, prima di iniziare a fiutare, devono fare una lunga scorrazzata, ed era uno spettacolo vederli rincorrersi.

Andammo tutti a cena da Gaetano, "Lena qua, vicino a Franco" disse quel furbo di Aldo, e fu un tormento per me averla così vicino, mentre mi lambiccavo nel pensiero di come avevo fatto a starle lontano per tanto tempo, e come avrei potuto starle lontano un giorno di più.

Se sia stata Lena a provocarmi quel certo stato di esaltazione, o al contrario fosse causata in gran parte al piacere che provavo a trovarmi accanto a lei(in ogni caso lei vi era connessa) non mi rassegnavo al timore che potesse sparire questo stato di agitazione che avrebbe potuto separarmi per sempre da quella creatura, mentre la mia mente architettava piani che avessero la dolcezza di farmi sentire legato a quella vita.Per quanto fossi mezzo intontito, me la cavai abbastanza bene perché intavolarono il discorso sulPibe de Oro, e io ero abbastanza ferrato suMaradona.

Ci lasciammo dandoci appuntamento per le dieci del mattino del giorno dopo (l'ora la scelsi io) poiché Lena aveva importanti dichiarazioni da farci.

99

Venerdì 16/8/2011, ore 10

Luigi venne a prenderci con la sua Multipla, insistettero perché avessi il posto del passeggero, Gaetano Maria e Lena si sedettero dietro. Il percorso era brevissimo, e io avrei avuto più piacere di farlo a piedi, giusto per rivedere quei posti incantevoli.

Aldo fu un anfitrione eccezionale, aveva aggiunto due poltrone alle due già sistemate davanti al divano, e vi ci accomodammo.

Sul basso tavolino in cristallo era poggiato un grosso cartoccio di pasticcini, e dal momento che non volava una mosca Aldo disse:"Be', rifocilliamoci prima un poco".

Giusto per non rimanere come tante statue di sale, così come eravamo, fra un risolino di circostanza e l'altro, cominciammo a pizzicare i dolcetti.

Aldo mise sei bicchieri di cristallo sul tavolo alle nostre spalle, e sturò una bottiglia di champagne. Dopo il cin cin, tornò il silenzio, ma questa volta fu più breve, perché fu interrotto da Aldo che disse:"Signorina Lena, se lei se la sente di raccontarci la sua incredibile storia, può pure iniziare, noi pendiamo dalle sue labbra".

"Sì", disse lei risoluta.

Aldo si era recato vicino alla porta per chiuderla a chiave, anche se aveva avvisato che non voleva essere disturbato per nessun motivo.

"Allora, cominci pure", disse Aldo.

Nell'attimo in cui aprì bocca, avemmo tutti noi la sensazione che portasse con sé qualcosa di strano e che, per lei, quello fosse un momento-chiave della sua vita.

Eppure, non saprei dire se si rendesse conto di quanto fosse bella, e che da qualche parte del suo passato vi doveva essere del sangue blu, e che avrebbe potuto benissimo essere una principessa.

"Voglio dirvi con tutto il cuore che soltanto da oggi, e per merito di tutti quanti voi, smetterò di far finta che la mia vita non sia ancora cominciata, sarete voi a darmi la vita, da oggi.Avrei fatto molto volentieri l'avvocatessa, (mi iscrissi pure a giurisprudenza) ma le vicissitudini della vita non me lo concessero, e non me la sono sentita di non offrire la mia testimonianza, forse vitale, per non crearmi un fastidio, perché non avrei potuta continuare a vivere in pace con me stessa".

La precisione dei suoi gesti, l'inflessione nella voce, ci indussero tutti quantial silenzio.

100

"Prima di ogni cosa desidero sfatare alcune dicerie sul mio conto.Io non sono affatto la ragazza della Porsche di cui si parlava a Roma.La storia della violenza che subii al compimento dei miei diciotto anni, è assolutamente vera, non provai alcuna emozione, e non me la ricordo nemmeno, dal momento che fui drogata.Trovo molto odioso questo argomento", aggiunse, mentre una vampata di rossore le colorava le guance. Ebbe un momento di esitazione, come se stesse scegliendo le parole, chiuse un attimo gli occhi, come se così facendo potesse cancellare l'orrore che le suscitavano al solo pensarle."Tuttavia, conservo il referto medico con terminologie che aborro, compresa la considerazione fatta sotto voce dal perito patologo, che desidero portare a vostra conoscenza, per poi potermelo scordare una volta per tutte".

Cominciò a parlare, dapprima in manicra così indistinta da risultare quasi incomprensibile, mentre a poco a poco la sua voce diveniva sempre più chiara, come se stesse rivivendo una brutta scena che apparteneva ormai a un lontano passato.

"Leggo testualmente: la paziente ha riportato la parziale lacerazione dell'imene. Riscontrate tracce di liquido seminale all'altezza dell'inguine (deduzione del patologo: si vede che non gli è venuto duro, e si è masturbato eiaculandole fra le cosce)".

A questo punto, nascondendosi il volto con entrambi le mani, scoppiò in un pianto irrefrenabile.Ancora unavolta fu Maria che l'abbracciò mischiando le proprie lacrime a quelle di Lena.Tutti eravamo emozionati, io guardavo quegli occhi verdi, di quel verde che si legge spesso nei romanzi, ma che non si trova mai nella realtà.

Alle lacrime di quella bella fanciulla, mi sentii l'anima in tumulto, vedevo che tutti gli altri provavano la mia stessa impressione, mentre a me si aggiungevauna cosa che nessuno avrebbe mai sospettato: Quella di vergognarmi, e arrossisco a pensare a tutte le cose di cui mi ha convinto, e che sotto l'influsso della gelosia avevo pensato.

Anch'io avrei voluto abbracciarla, non desideravo soltanto il suo corpo, ma tutto ciò che le apparteneva: il suo sorriso, le sue lacrime, il suo tremito, il suo orgoglio e il suo bisogno di affetto, bisogno che sentii come tacito richiamo fin dal nostro primo incontro.Dovetti usare tutta la mia forza di volontà per non mettermi a piangere.

Aldo propose una pausa, e raccontò alcuniepisodi curiosi che gli erano capitati il giorno primain questura che ci fecero ridere, poi chiese a Lena se ce la faceva ad andare avanti e lei rispose di sì.

Iniziò con un argomento che ci lasciò un poco perplessi, ma poi ci mettemmo a ridere di nuovo:

"Voglio ringraziare una persona qui presente".

Io sentii le mie guance imporporarsi.

"Per una piccola bugia che è stata però, benefica. Sono sempre stata convinta che una bugia detta a fin di bene, ha lo stesso effetto di una verità.

La persona, di cui taccio il nome se vuole potrà rivelarsi e penso che lo farà di qui a poco, perché non c'è stato niente di male, anzi…".

101

"La persona", dicevo, "si presentò a un istituto di bellezza diLittle Cayman, dicendosi investigatore incaricato da mio padre di ritrovarmi, il fatto è che si era rivolto proprio a mio padre".

A questo punto Aldo si alzò facendo l'atto di andarsi a nascondere dietro una colonna, ma al nostro applauso uscì e s'inchinò in segno di ringraziamento.

Mentre Lena sorridendo riprendeva a raccontare:

"Altrettanto vero è il particolare della Porsche che il concessionario rivendette per mio conto quellamattina stessa a una donna di vita. Sul mio onore...", e qui Lena scoppiò di nuovo a piangere...

Avrei voluto asciugargliele io quelle lacrime che mi avevano spazzata via in un'ondata la sofferenza e l'avvilimento degli ultimi due anni.

"Si calmi un poco", disse Luigi, "se non se la sente di continuare possiamo sospendere per qualche minuto, o se vuole rimandare tutto a domani".

"No", disse lei, dopo aver bevuto un bicchiere d'acqua, e soffiatosi il naso.

"Sul mio onore,nessun uomo mi ha sfiorata fin dal momento di quella violenza, avevo orrore degli uomini".(Sbugiardando le fantasie erotiche di Mimì prima, e le mie dopo).

"Se avrei fatto volentieri l'amore con Arnaldo? Non lo so, ma certamente gli ero riconoscente, era amico del preside del liceo Dante, e un giorno andò a chiedergli se poteva procurargli una brava segretaria che parlasse l'inglese e fosse una maga dei computer. Il caso volle che il preside scegliesse me, perché eravamo almeno in tre papabili. E poi...e poi diventai la sua mascotte. Cominciò col portarmi nei locali più alla moda, aveva piacere che gli uomini mi guardassero, e lo invidiassero perché era gay e impotente, e si impettiva quando gli uomini mi guardavano.

Non sapevo niente di tutti gli intrallazzi di Arnaldo, e quando seppi di essere 'ricercata', mi recai subito in questura da Aldo.

Se sono mai stata innamorata? Sì, e lo sono tuttora, ma il mio è un amore impossibile.Èun po' come il poema eroicomico di Don Chisciotte a parti invertite, ero io, Dulcinea, che amavo, e Don Chisciotte non mi conosceva nemmeno, o perlomeno...".

"Non c'è stato alcun omicidio nella Villa del Sole, chiamata così perché c'è un momento durante l'alba in cui il sole sembra
spuntare proprio dalle sue terrazze. Essa mi fu donata da Arnaldo. Il suo valore era molto superiore a quello che fu pagato, si
trattò di una vendita che il figlio del proprietario, dovette fare in
fretta e furia perché minacciato di morte per ingenti debiti di
gioco.
Alla prima offerta di acquisto che Arnaldo fece di due milioni di
dollari, tanto per tastare il terreno, il giovane accettò (aveva debiti per un milione e cinquecentomila dollari).
Effettivamente ci fu il morto, ma si trattò di tutta una messa in
scena organizzata da Arnaldo perché doveva sparire dalla situa-
zione.Ho raccontato al signor Luigi…".
Il quale la interruppe dicendo:"Niente signore, se lei mi fa
l'onore io sono il suo amico Luigi".
"Ho raccontato al mio amico Luigi…", qui si commosse ancora
un po', "come si svolsero i fatti a proposito del morto".

Purtroppo come tutti usiamo fare quando stiamo al mare, io per
prima, camminavo con pantaloncini maglietta e scarpette infra-
dito, naturalmente senza documenti in tasca.
Proprio nei giorni in cui comprammo la villa (come ho già detto, il valore superava di gran lunga i quattro milioni di dollari,
soltanto se si vuole tenere conto dei duemila metri quadrati di
parco con piante esotiche, e la spiaggia privata affacciata sul

Mar delle Antille) ci fu un terribile incidente d'auto sul lungo mare.

Un pulmino che fungeva da navettasi scontrò con un SUV guidato da un figlio di papà ubriaco.Ma questo il nostro amico Aldo lo sa molto bene, anche se non conosce tutti i retroscena che ne sono scaturiti.Nemmeno io li conoscevo, soltanto da pochi giorni ne sono venuta a conoscenza.

(Tutta questa storia me la sono fatta raccontare una sera da Luca venuto atrovarmi un po' traballante sulle gambe, con intenzioni che andarono...in bianco). Lo invitai a bere un altro goccino col proposito di farlo parlare e venire a sapere che fine aveva fatto Arnaldo che secondo lui era rimasto in Belgio.Infatti, aveva trovato una fidanzata, ma lo disse con un aria così sorniona, ero ancora perplessa quando aggiunse, dopo una risata irrefrenabile, che erano un'anima e un corpo.Così mi ha detto per telefono. "Ah, ah, ah. Ha trovato l'anima gemella, una vedovella...Ah,ah".

Gli credetti in pieno, Arnaldo era un carattere molto possessivo

104

Dormì tutta la notte sul divano, e quando si svegliò se ne andò alla chetichella, non saprei dire se si ricordava dell'argomento della nostra conversazione (ma nelle condizioni in cui si trovava, penso proprio di no).

Dunque, ci furono tre decessi in quel sinistro, una sola delle vittime rimase sconosciuta, questo suggerì l'idea diabolica a "zio" Arnaldo di come sparire dalla circolazione, dal momento che era ricercato perfino dall'Interpol.

Mandò Luca e Giovanni a "riconoscere" la salma anonima, dicendo che era un loro parente.

Il necroforo non aspettava altro che potersi liberare di quel far-
dello, e glielo consegnò senza tanti complimenti.

Portata la salma nella villa, la spogliarono e rivestirono con gli
indumenti di Arnaldo, (la bellissima giacca sportiva comprata il
giorno prima fu salvata dall'inceneritore per dar modo al proprietario del grande magazzino di riconoscerla).In un primo
momento, per evitare il riconoscimento, avevano pensato di
staccare la testa del morto dal busto, cosa che era già a buon
punto, ma intervenne Arnaldo, poco prima di allontanarsi, con-
sigliando di far cremare la salma già l'indomani mattina.

L'urlo udito attraverso la finestra, fu una stupida messa in scena,
ma tutto potevano pensare, tranne il fatto che in pochi secondi
arrivasse addirittura tutta una squadra di basket in soccorso, che
li trovò mentre osservavano il cadavere.

105

Lunedì 19/8/2011, ore 10

Caro Enzino,
sono sicuro che"lì da voi" sono le dieci del mattino, minuto più,
minuto meno, non hai mai sgarrato più di tanto.

Nonostante mi senta molto stanco stamattina e non riesca più a
pensare con chiarezza, voglio raccontarti l'episodio dei due Liborio di Afragola, un piccolo paesino in provincia di Napoli. Rispettivamente: Liborio III e Liborio IV.

Il più anziano dei due, sapeva che anche il giovane mungeva
mio nonno, e ne era geloso.

Il copione ormai lo conosci, ma c'è l'interessante novità che la
morte dell'uno ringalluzzì l'altro, e quindi mi fu facile prendere

quest'accoppiata, o se preferisci, i proverbiali due piccioni…(fu proprio quello che pensai).

Se di novità si può parlare, questa volta il nonno aveva una gamba ingessata perché era stato operato al menisco.

Ci recammo, rispettando il canovaccio che avevo elaborato, prima dal giovane, il quale ricevette il nonno con tanta comprensione, addirittura fece l'atto di commuoversi.

Parcheggiata l'auto in una piazzetta lì vicino, dopo che il nonno mi aveva presentato come persona al di sopra di ogni sospetto, raggiunsi la casetta di Liborio III (abitava in una di quelle casette con la targa di marmo ben in vista: terraneo, non destinabile ad abitazione). Anche a Napoli ve ne sono ancora.

Per fare il compagnone dissi: "Veramente un bel caffè ci starebbe proprio bene in questo momento".

"E vi voglio perdere per questo, anzi, vi chiedo scusa, ci stavo appunto pensando e si avvicinò al cucinino".

"Permettete che mi seggo?".

"Fate come se foste a casa vostra", ebbe la bontà di dire.

106

Mi sedetti, non prima di aver tirato fuori dalla tasca la mazzetta di banconote deponendola sul tavolo.

Per quanto di sbieco fosse, già sapevo che ne aveva sentito l'odore.

Mi si avvicinò con due belle tazzine fumanti col bordino in oro,dicendo:"Quali comandi!".

"Per carità, don Libo', preghiere umilissime, avremmo solamente bisogno di spostare di pochi giorni la scadenza dell'assegno, e potremmo fare così: le posso dare un assegno di centocinque milioni più questi cinque milioni in contanti, con scadenza a trenta giorni, o se vuole, le faccio solo l'assegno di centocinque milioni però con scadenza a quindici giorni".

(Già conoscevo quale opzione avrebbe scelto, magari dicendo:"dal momento che…").

"Per me vanno bene tutte e due le soluzioni, il cavaliere è un grande signore, ma dal momento che avete portato anche i contanti, facciamo così".

Sempre stando seduto, sfilò un grande portacarte dalla tasca della tuta pieno di assegni e contanti, e mi restituì l'assegno del nonno.

Presi la mazzetta dei cinque milioni e gliela accostai, assieme all'assegno di centocinque milioni, e mentre controllava la data sul titolo, posai l'assegno del nonno nella tasca interna sinistra, appena la mano uscì, lo sentii dire:"Ma che, ma…" e grugnì: "emorragia cerebrale". (Per un attimo mi venne in mente di salvare tutta quelle gente intestataria degli assegni che aveva in tasca, ma sarebbe stato un passo falso) socchiusi la porta col piede, e me ne andai.

107

Martedì 20/8/2011, ore 10

La mattina dopo, quando la salma era ancora calda, ci presentammo dal suo collega, Liborio IV.

Appena vide il nonno corse subito verso la macchina e vedendo la gamba ingessata, tutto dispiaciuto, disse:"Cavaliere, ma cosa vi è successo?".

"No, niente di grave", rispose il nonno, "un piccolo intervento al menisco, l'altro giorno sono caduto come uno stupido".

"Come mai da queste parti, cosa posso fare per voi?".

"Veramente, potete fare molto, non so se avete saputo della disgrazia di don Liborio, proprio stamattina mi doveva dare cento milioni che mi servivano per coprire l'assegno che avete voi, e quindi avrei bisogno, se non vi dispiace, di spostare di pochi giorni la scadenza".

"A disposizione, come vogliamo fare?".

"Concordate con l'ingegnere mio nipote, adesso è lui che si interessa dell'amministrazione".

"Onoratemi in casa mia,ingegne', e a voi,cavalie', bacio le mani, rimettetevi presto in salute".

Appena entrammo, dissi:"Signor Liborio, non ci potremmo fare 'natazzulella'e cafè".

"Come no, accomodatevi qua, e togliete questo signore da mezzo".

Prima di sedermi presi la mazzetta da cinque milioni e la poggiai sul tavolo, non tanto delicatamente, ma giusto queltanto da fargli sentire il rumore.

Appena mi si avvicinò col caffè, invitai a sedersi anche lui:"Accomodatevi pure voi, mi fate stare seduto solo a me, anzi, dal momento che siamo quasi coetanei, diamoci il tu". ("Stronzo", pensai).

"Certo, ci mancheresse", proprio così disse.

Sentita tutta la sciarada letterale che il lettore già conosce, optò subito per l'opzione che prevedeva il contante, ormai li aveva visti.

Andò in una specie di retrobottega (anche questo era un terraneo non destinato ecc.) e tornò con l'assegno del nonno.

"Sedetevi", dissi io, mentre mi alzavo per prendere l'assegno nuovo che tenevo nel portafoglio nella tasca interna sinistra.

Lo estrassi posandolo sul tavolo, e gli avvicinai i contanti con la mano sinistra.

Incamerato l'assegno del nonno, con la mano destra rimisi al suo posto nella tasca interna sinistra il portafoglio.

Quando la mano destra uscì dalla tasca, stava umettandosi il polpastrello per meglio far scorrere le banconote. Stava controllando i soldi, il giuggiolone, e non si accorse di morire con un' emorragia cerebrale. Se invece ne ha avuto sentore, è morto felice perché stringeva tra le mani una mazzetta di banconote, dovetti esercitare una leggera trazione per portarglieli via,quale morte più bella per uno che presta danaro a strozzo.

108

Mercoledì 21/8/2011, ore 10

"Eravamo nel periodo natalizio", riprese Lena, "quando accadde un evento che a me parve non casuale, ma pianificato (qualche giorno prima li avevo sentiti confabulare). Luca,Giovanni e Arnaldo avevano già da alcuni giorni pensato di investire il loro denaro nell'acquisto o nella gestione, del GrandHotel Admiral, un albergo a quattro stelle di centoventi camere, rimasto chiuso quell'anno perché i rispettivi proprietari, una coppia belga, erano in causa per la ripartizione dei beni comuni, dato che vivevano già da qualche tempo in regime di separazione, e in procinto di divorziare.

Avevano anche saputo da amici comuni che l'hotel era toccato alla donna, e che aveva una mezza idea di venderlo, o trovare dei soci.

Previo appuntamento telefonico, Arnaldo partì per Liegi, dove la signora fungeva da direttrice proprio all'Hotel Admiral di Liegi, anch'esso di loro proprietà.

Erano i primi di maggio quando giunse una lettera di Arnaldo ai soci...

Liegi 03/05/2011

Cari Luca e Giovanni,
a giorni conoscerete la bella signora proprietariadell'albergo.
Ha avuto un'ottima impressione di me e bontà sua abbiamo su-
bito familiarizzato, oserei dire che in questi quattro mesi siamo
diventati un...tutt'uno.
Proprio oggi le prenoterò i bigliettidell'aereo e vi farò sapere il
giorno preciso dell'arrivo.Per favore andate a prenderla
all'aeroporto perché non conosce l'isola non essendovi mai sta-
ta.
Ho accennato alla signora le vostre intenzioni, ed èd'accordo
per la gestione dell'hotel in società,la cifra di cui disponete è
sufficiente perchédiventiate soci alla pari(mi sembra un ottimo-
affare).
Io ho fatto alcuni piccoli investimenti in locoe non penso che
rientrerò tanto presto.
Avrete comunque mie notizie...(dirette).

Un caro saluto dal vostro amico,
Nando

"Sapevo", aggiunse Lena, "che la lettera conteneva alcune falsi-
tà, tra cui una nota stonata. Arnaldo non era proprio il tipo di
stare lontano da una donna, soprattutto se bella, di cui era inva-
ghito".

109

Giovedì 22/8/2011, ore 10

Caro Enzo,
ieri ho fatto un sogno, e nel sogno ero morto.
Al risveglio ero terrorizzato che Lena fosse vissuta e morta in altra epoca, e che la mia fosse soltanto una vaga reminiscenza.
Ti scrivo questo, perché avevo da poco riletto l'Amleto, dove diceva: "In quel sogno di morte, quali sogni verranno?".
Non feci in tempo a chiedertelo di persona perché proprio in quei giorni partisti, ma io ricordavo molte bene le parole che mi dicesti di Socrate, a proposito della morte: "La morte è un lungo sogno senza sogni".A chi dar ragione? Lo sai, dipendesse da me, darei ragione a Socrate, perché per me gli inglesi...
Ce ne siamo poste di domande simili io e te, un po' per celia, e un po' per non...oh Cristo Santo.
Approfitto dell'occasione per raccontarti dell'accoppiata dei Liborio IV e V del Vomero.
L'iter lo conosci ed è lo stesso del duo di Afragola, ti riporterò pari pari la notizia così come l' ho letta in cronaca:

Cronaca di Napoli

Misteriosa morte pressoché in contemporanea per emorragia cerebrale di due famigerati usurai del Vomero, il giorno della vigilia della festa di san Gennaro.
Le ricevitorie del lotto sono state prese d'assalto, e sbancate, per il fatto che il popolino lo ha ritenuto un evento miracoloso.

Mi fecero pensare alla canzone Zazà: "Era la festa di san Gennaro quanta folla alle ricevitorie, con Zazà compagna mia...ecc".

I numeri superfortunati, sono stati: 2, gli usurai,18, l'emorragia,e 50, l'usuraio. Sono stati incassati per l'occasione, oltre due miliardi di lire, facendo saltare tutti i banchi lotto napoletani.

In tutti e due i casi il referto del perito settore ha parlato di emorragia cerebrale con epistassi e fuoriuscita dalle orecchie di liquido cefalorachidiano.

Il patologo esclude tassativamente lesioni di sorta, dichiarando che la contemporaneità debba ritenersi dovuta soltanto alcaso.

Ma cos'è mai questo caso? Boh.

110

Trovandomi in argomento, voglio raccontarti lo strano caso che mi capitò con Liborio VI (ricordati che Liborio VII era quello dell'aeroporto, te lo raccontai per primo perché era fresco fatto).

Alcuni giorni prima della scadenza di quest'ultimo assegno, mio nonno ricevette una telefonata da questo galantuomo che gli ricordava di onorare tale scadenza, facendo l'allusione che la nuora era molto bella e appetibile.

Non me l'avesse mai detto, feci telefonare immediatamente e prendere l'appuntamento con questo signore, il quale rispose che non c'era alcun appuntamento da prendere, ma solo da coprire l'assegno, e basta, sbattendo giù il telefono.

Il nonno mi disse che, per quanto carogna fosse, non aveva mai agito così.

Dissi al nonno di ritelefonare e passarmi la cornetta, ma il "signore" non rispose. Fattomi dare l'indirizzo dal nonno, abitava al Vomero alto, scesi in strada e prima di raggiungerlo passai in banca per una piccola operazione.

Il palazzo non aveva portiere, ma dato che vi erano alcune persone ferme proprio lì davanti preferii aspettare che si allontanassero, cosa che avvenne quasi subito.

Bussato al citofono, una voce burbera disse:"Ma chi è?".

"Sono l'ingegner Sarno", risposi, poi avvicinandomi al citofono con le mani a coppa, aggiunsi sottovoce, "ho portato i contanti".

"Quinto piano", rispose, facendo scattare la serratura elettrica".

Mi venne incontro sul pianerottolo dicendo:"Perché vi siete disturbato?Tanto, io fra un paio di giorni avrei messo l'assegno all'incasso".

"Veramente sono venuto per un altro motivo, che certamente vi interesserà", dissi, mentre poggiavo su un tavolo lì vicino la mazzetta coi dieci milioni.

"Avremmo bisogno di spostare la data dell'assegno di pochi giorni, mio nonno, per l'occasione, visto che è l'ultima volta,per ringraziarvi di tutto quello che avete fatto per lui, questo mese anziché corrispondervi il dieci per cento, vi darà il venti per cento.Qua stanno dieci milioni, e questo è l'assegno di centodieci milioni che potrete incassare anche tra quindici giorni, anzi ci metto proprio io la data di scadenza",così detto, impressi la data di scadenza al quindicesimo giorno.

"Ringraziate il cavaliere da parte mia, e ditegli che la mia porta è sempre aperta per galantuomini come lui".

"Vi servirò", risposi.

La felicità gli sprizzava da tutti i pori. ("Morirai felice", pensai-nell'attimo in cui mi consegnò il vecchio assegno del nonnopescato da un grosso borsello pieno di assegni e cambiali).

In quel momento, entrò un piccolo cane, un pechinese, che digrignava i denti, me lo ingraziai con delle giuggiole cheportavo sempre in tasca per i miei nipotini.

Dissi a Liborio di sedersi, edare una controllatina al denaro, mentre mettevo in tasca l'assegno del nonno. All'uscita della mano dalla tasca il tempo di dire: "Ah, ma, che...", morì con un'emorragia cerebrale, non c'era più bisogno, di contarli, erano proprio dieci milioni esatti.

Questa volta volli fare ancora di più, avevo in tasca una di quelle buste dei supermercati, vi misi dentro il borsello, e svuotai l'intero scatolino di giuggiole sul pavimento, il cane vi si avventò mentre io aprivo la porta e me ne uscivo, insalutato ospite.

(Il "borsone" conteneva settecentocinquanta milioni di assegni e cambiali, ne feci tutto un falò fuori al mio terrazzo).

111

Venerdì 23/8/2011, ore 10

Dopo circa sette giorni, arrivò la vedovella, era veramente di una bellezza fuori del comune, alta, bionda, (Arnaldo le doveva arrivare a malapena alla spalla).Fu scortata con tutti gli onori al suo bellissimo Hotel Admiral, di cui rimase incantata(non lo aveva conosciuto se non in fotografia).

Seppi la notizia dell'arrivo della signora, da Aldo. Mi recai nelle vicinanze, e a debita distanza cercai di scorgere l'eventuale presenza di Arnaldo che nella mia convinzione doveva essere sicuramente da quelle parti.

La sera stessa tenemmo una riunione tutti i...nostri, per fare il punto della situazione.

Fidandosi delle mie sensazioni (le sensazioni sono conoscenza, e se lo diceva Socrate bisogna proprio crederci) Aldo organizzò per l'alba dell'indomani una sorta di retata, un'irruzione, dopo aver ottenuto dal giudice istruttore l'ordine d'arresto dei tre indagati di reato per truffa aggravata e continuata, associazione a delinquere, trafugamento e vilipendio di cadavere.

167

Fece intervenire una diecina di agenti dell'Interpol da Cubache assieme ai suoi furono impiegati per controllare tutto il perimetro dell'albergo, affinché nessuno uscisse, senza essere controllato.

Quella notte la trascorsi completamente insonne, alle cinque del mattino mi feci una doccia, e dopo aver con una certa flemma sorbite due tazze di caffè, mi accinsi a scendere nel giardino a prelevare i cani dalle loro cucce.

Erano le cinque e venti quando mi avviai con i cani che consegnai a Lena.

112

Sabato 24/8/2011

Erano le cinque e trenta quando scorsi Lena che scendeva giù dal pendio con aguinzaglio i due magnifici Labrador che davano l'impressione di due cavallini alati aventi per auriga una donna che non è di questa terra, ma di una razza diversa dalle donne comuni, una razza divina, una Dea.

Il suo incedere mi ricordò le parole di un poeta di cui non ricordo il nome:

Anche quando un uccellino cammina
si sa che ha le ali

Gli uomini erano tutti pronti e ben distribuiti.

L'hotel era l'ultimo edificio all'estremità più alla moda della lunga passeggiata sul mare.

All'arrivo di Lena in prossimità dell'ampia cancellata d'ingresso dell'albergo i cani cominciarono a dare segni d'impazienza, in modo particolare la femmina che più era affezionata al suo padrone, cominciò a guaire lamentosamente.

Aldo diede il segnale di entrare, mentre gli uomini stringevano lentamente il cordone d'accerchiamento.

Arrivati nel vasto atrio con grande meraviglia del portiere di notte al quale fu intimato di stare tranquillo, iniziò la perquisizione vera e propria.

Saputo dal portiere che la proprietaria occupava il super attico, mentre alcuni agenti si avviavano su per le scale, Lena e Aldo presero l'ascensore.

Arrivati davanti alla porta d'ingresso del piccolo residence, Aldo bussò con delicatezza con le nocche per non spaventare la signora, mentre dall'interno giungevano piccoli rumori ovattati.

Gli agenti appostati nei pressi della porta finestra che portava fuori all'altana videro aprirsi uno spiraglio, fu in quell'attimo che i cani sfuggiti alla presa di Lena, si avventarono sulla bellissima signora che cercava di sgattaiolare fuori. (La scienza dice che queste cose non esistono, e che sono frutto del caso, ed io ne prendo atto. Però questa scena l'avevo già vissuta).

Fu per il loro uggiolare, guaire e scodinzolare festoso, che Lena riconobbe negli occhi di quella bellissima signora, quelli di… "zio" Arnaldo. (Potenza del bisturi, i quattro mesi di "cura" in Belgio gli avevano proprio giovato, due "piccoli" interventi l'avevano reso una fra le più belle donne dell'isola) nessuno al mondo avrebbe mai potuto riconoscerlo, se Lena non avesse avuta l'idea dei cani, sicuramente l'avrebbe fatta franca.

Scesi nell'atrio, trovarono gli altri due componenti della triade, Luca e Giovanni, in manette.

Per una questione psicologica – quando si dice l'apparenza – non ebbero il cuore di ammanettare la bella "signora" ma la tenevano ben salda per le braccia due robusti carcerieri.

Domenica 25/8/2011, ore 10

Ah, a proposito, l'amore.
Come ha potuto Franco giocarmi un tiro simile, eppure, noi ne parlammo: l'amore, ci dicemmo, è un'estasi, un incantesimo, come si fa a tradurlo in parole? C'è una sola definizione, concludemmo, e cioè, che "non ci sono parole" tant'è vero che i più grandi poeti si sono trovati a dire almeno una volta nella loro vita "Vorrei trovare parole nuove".Lo stesso grande Vate un giorno accusò la sua mano di saper scrivere solamente quello che lui pensava. Ma... una mattina mi venne in soccorso mamma Maria.
Scendemmo al mare verso le nove, già mettendo piede in quella spiaggia si entrava in un'atmosfera di sogno, il cielo era incredibilmente azzurro, la luce del sole faceva scintillare la superficie del mare, quella giornata misembrava giungere direttamente dalla giovinezza di Lena.
Quel momento mi sembrò avere una qualità atemporale, qualcosa in cui ci si poteva ritrovare, pure in quel brevissimo istante, dopo due anni di separazione.
Lei...era lì, distesa su un lettino a crogiolarsi al sole (come dovette apparire la donna al primo uomo che la godette tra i fiori del paradiso terrestre, in un piacere mai esistito prima),portava gli occhialini protettivi e non si accorse della nostra presenza – così pensai – doveva tenerli chiusi quei grandi occhi verdi, teneva un braccio sotto la testa, non l'avevo mai vista così bella.
Sul mare, il raggio di sole dipingeva un nastro dorato che riluceva fino a incontrarsi con l'orizzonte, il lieve eco della risacca dava una sensazione di pace.

Quel suo costumino lasciava trasparire forme angeliche, la loro vista mi dava soggezione, e per quanto vi fosse di sterile nella pura contemplazione era proprio la mia anima a contemplarle,mentre mi tornavano in mente le parole di Platone: "Noi dobbiamo alla vista il più nobile dono che il genere umano abbia ricevuto o possa mai ricevere dalla munificenza degli dèi".Aveva la bocca socchiusa, doveva averla inumidita da poco con la lingua, avrei succhiato volentieri tutta la voluttà di quelle labbra rugiadose, divine, benché temessi che fosse soltanto la visione di un sogno, quella in cui la immaginavo piena di tenerezza per me, con sguardo accattivante, tanto bella, e che niente avrebbe potuto impedirmi di avvicinare le mie labbra alle sue, come se fosse stata realmente presente, e io avrei potuto baciarla. Tutto ciò, nella remota speranza che fosse veramente un che di esistente, se è nell'essenza stessa delle sensazioni contemplare ciò che è.

E ognivolta, non appena mi accingevo a dormire, smettevo di esercitare su me stesso una sorta di coercizione di cui non sempre ne avevo pienamente coscienza, e che non ci facevo nemmeno più caso, tanto era diventata abituale.

Mi svegliai mentre ancora mezzo assonnato pronunciavo le parole: "Parlami, o musa, dimmi che mi vuole bene, o fammi in sogno morire". Ma, in ultima analisi, non conviene credere ai sogni?

Con questi pensieri mi sono prostrato pieno di paura che potessi svegliarmi di nuovo, e lei tornarsene in paradiso, proprio nell'attimo in cui mi diceva: "Ciao"

"Ciao", risposi, "dormivi come un angelo, e non ti volevamo disturbare.

"Nessun disturbo, anzi, vi stavo aspettando, mi piacerebbe tanto percorrere tutta la spiaggia sul bagnasciuga coi piedi nell'acqua e non me la sono sentita di farlo da sola, avevo sognato di farlo questa notte".

"E allora alzati, e facciamolo avverare questo sogno", disse Maria.

114

Ci prese tutti e due per mano, e c'incamminammo.

A un certo punto, quella furba di Maria disse:"Per me cento metri sono già troppi, fatevela voi la passeggiata, io vi terrò d'occhio".

Ci avviammo lentamente, di tanto in tanto la risacca le raggiungeva i piedi, e lei si ritirava quasi impaurita.Non sapevo che atteggiamento assumere, lei stava vivendo il suo sogno, il mio era ancora in embrione, avrei voluto prenderla per mano ma non osai farlo per paura che il sogno svanisse, mentre tante volte, proprio nell'irrealtà dei sogni io le avevo parlato, l'avevo abbracciata, e nel mistero di quella felicità surreale, l'avevo baciata, e mi pareva, pur se nell'evanescenza del sogno, che essa avesse sentore dei miei baci, mentre l'umidore delle sue labbra mi ricordava la canzone del Petrarca: "Chiare, fresche, dolci acque".

Quando tornammo vicino a Maria – lei aveva camminato via mare e rimase a farsi una nuotatina – mi disse: "Le hai parlato?".

"No", risposi.

"E perché?".

"Non sapevo che dire".

"Ahi, ahi, questo si chiama struggimento d'amore, non mi dicesti proprio tu, un giorno, che in amore non ci sono parole? Allora bisognerà sforzarsi di cercarle queste parole, ma, almeno, vi siete guardati?".

"Sì, ma non ho saputo sostenere il suo sguardo".

"E hai distolto gli occhi?".

"Purtroppo, sì, mi sono commosso".

"Ahi, ahi".

115

Quella sera non mi riusciva di addormentarmi, ero assillato dal pensiero che nonostante tutto, avessi scelto quella donna solamente per la sua bellezza, e che niente avrebbe potuto impedirmi di amarla. Avrei voluto dirmelo tutto questo, ma non me lo dicevo. Ma fu un lampo a ricordarmi che a volte risolvevo tutti i miei problemi nei sogni, e ancora una volta mi venne in aiuto mamma Maria…

Eravamo nel giardino antistante il nostro B&B, Maria faceva dei giochi ai bambini, e quando mi scorse disse:"Aspettami un momento, ho preparato un gioco anche per te".

Incuriosito mi sedetti su una panchina ad attenderla.

Lasciati i bambini all'attenzione delle loro rispettive tate, mi fece segno di seguirla nel piccolo gazebo in fondo al giardino.

Appena ci sedemmo, disse:"Hai per caso letto il Simposio, di Platone, dove Socrate parla dell'amore?".

"Sì, ma ne ho soltanto una vaga reminiscenza".

"Ti ricorderai, credo, che in questo dialogo la profondità della riflessione filosofica è imperniata sul tema dell'amore, ma, prima ancora dell'intervento di Socrate, io devo ricordarti quello di Aristofane che eleva il tono della discussione fino al sublime della pura creatività poetica, esponendo un mito antropologico dalle tinte fantastiche.

Dunque, finito di parlare Eressimaco, cominciò Aristofane(poeta comico che non si sa se e quanto abbia potuto influire sulla sentenza di morte deridendo Socrate nella sua opera: *Le nuvole*, i pareri non sono concordi). La drammatica vicenda è al centro dell'*Apologiadi Socrate* e del *Fedone*, una delle più belle opere mai esistita sull'immortalità dell'anima, Platone fa raccontare a lui, nel dialogo intitolato a suo nome, gli ultimi momenti della vita di Socrate.(l'accusa era di empietà, per aver istigato i giovani a non credere nelle divinità del sole e della luna). 'Per prima cosa', cominciò Aristofane, 'dovete rendervi conto cosa sia la natura umana, e quali siano state le sue vicende; per il passato,infatti, essa non era quella che è oggi.Nel principio, tre erano i sessi dell'uomo, non due, il maschio e la femmina, ma ce n'era un terzo che aveva in se i caratteri degli altri due: l'ermafrodito. Esso nell'aspetto esteriore e nel nome, aveva dell'uno e dell'altro,cioè del maschio e della femmina, oggi non resta che un nome, che, per di più, ha un significato infamante.Inoltre, la figura di questo essere umano era arrotondata, aveva la testa come quella di Giano, Zeus, preoccupato dalla loro aggressività spaccò in due gli uomini incaricando Apollo di modellare in nuove forme le sezioni così ottenute, rivoltando il viso dalla parte del taglio.Da quell'epoca remota', conclude Aristofane, 'è rimasto nell'umanità il bisogno vitale per ciascuno di cercare la propria metà per ricostituire l'antica perfezione'".
"Bene", concluse mamma Maria, "io in questi giorni lo sto rileggendoil *Simposio*, e ieri sera sono arrivata proprio in un punto che fa al caso 'nostro', e precisamente quando è il turno di Socrate di parlare, adesso ti faccio un test, inizio proprio dal punto in cui Socrate interroga Agatone, lo avevo sottolineato ieri sera con la matita.
'L'amore', gli chiedeva Socrate, 'è amore di qualcosa, o è amore di nulla.'

'Certo', rispose Agatone, 'è amore di qualcosa.'

'Ebbene, quel che egli desidera e ama, l'ama e lo desidera perché lo possiede, o proprio perché gli manca.'

'Probabilmente perché non lo possiede.'

'Appunto, ma il desiderio, non si riferisce mai a qualcosa di presente, ma di un qualcosa che ti sembra irraggiungibile, ecco perché viene chiamato *imeros* (desiderio), ed *eros*, (amore), è qualcosa che pur scorrendo dentro, dall'interno, non è interiore a chi la ha, vi è condotta dentro attraverso gli occhi.'

'Allora, non ti sembra logico desiderare quello che non si possiede; e quando si ha una cosa, invece, non la si desidera più dal momento che già la possiede?"'.

"Questa è la mia paura, io voglio amarla e desiderarla per tutta la vita, mi vergogno, mamma Maria, di dirti che non so cosa dirle, ma temo d'insozzarla".

"Che fai?Bestemmi contro Dio e contro la sua volontà?Che cosa credi che significasse; crescete e moltiplicatevi?Anche gli animali nella foresta quando si incontrano maschi e femmine a un dato momento sentono la necessità di procreare, di osservare questo comandamento.Perfino i fiori lo osservano, anche loro, come gli uomini, hanno un seme fecondo,essi si riproducono effondendo come carezze il polline divino del loro amore (anche loro, come te, non parlano),affidano al vento il loro seme che obbedisce a leggi che non possiamo conoscere, siamo noi che prendiamo dell'amore soltanto un aspetto e a questo diamo nomi generici di amore, amare, amanti.

La mia opinione, invece, ritornando alle parole di Aristofane, è che non esiste amore né per metà, né per l'intero, a meno che non si tratti di un bene; perché gli uomini si lascerebbero tagliare volentieri e mani e piedi se li credessero dannosi per loro.

Vedi, Franchino, tu stai per realizzare qualcosa di ancestrale, qualcosa di strabiliante, qualcosa che nella vita dell'uomo non èmai accaduto, e se te lo dice mamma Maria, ci puoi credere, hai trovato l'altra tua metà, ecco il terrore di ricongiungerti a lei. Io ti posso capire, mi farete vivere una favola, e la vivrò come spettatrice in prima fila, ma... ma forse il buon Dio questo me lo doveva, adesso anziché un figlio, ne avrò due.

Allora mettiamo pure che hai ragione tu, non ci sono parole? E tu non parlare, guardala in silenzio in quei bellissimi specchi verdi della sua anima, aspirala, bevila, è acqua pura, incontaminata, e cogli la sua giovane vita con una carezza, come fanno i fiori, né più, né meno, e ricordati che assieme al corpo, anche l'anima deve esercitare quelle funzioni che spettano relativamente a ciò che è mortale e ciò che è divino".

Quella sera mi addormentai con l'invocazione: "Cantami, o musa che mi vuole bene, o fammi in sogno morire", e mi svegliai alle cinque del mattino in un mare di sudore. Avevo poche speranze di riaddormentarmi, non ne avevo mai quando mi svegliavo così presto, tanti anni fa ci riuscivo, ma stavo tentando di disabituarmi, se avessi ceduto proprio ora, non sarei stato in grado di esorcizzare la potenza di quegli incubi, e se volevo che il sogno perdesse il suo potere, mi restava soltanto un piccolo esorcismo da compiere perché non si ripetesse a ricordarmi quei giorni di oltre sessant'anni prima, mettere tutto per iscritto.

116

Lunedì 26/8/2011, ore 10

Quella mattina però, sulla spiaggia, dovetti constatare a mie spese che nell'applicare i sogni a livello reale diventa tutto più difficile, e proprio perché la realtà ci è dinanzi.Per quanto mi ripetessi che non si poteva avere sempre tutto quello che si vuole dalla vita, mi sembrava assolutamente ingiusto riferito a Lena. Come sembrava serena distesa su quel lettino, pareva circondata da un alone luminoso, era bellissima, e quella visione mi privò delle ultime difese con le quali tentavo, forse, ancora di proteggermi. Se avessi perso il mio amor proprio, la mia dignità, il mio senso di me stesso, ebbene che così sia. Anche se in tutto questo riconoscevo una certa ironia, forse perfino una morale. Per tanto tempo mi ero sottratto ai problemi del mondo reale-cercando rifugio nella fantasia, credo che in fondo è proprio a questo che serve fantasticare, nel bene o nel male, ti fa passare la nottata. Due anni di solitudine mi avevano insegnato che c'è molto peggio da perdere, ma non avrei tormentato me stesso volontariamente, avrei chiuso quell'incubo per mia libera volontà, giurando a me stessoche non avrei desiderato mai nessun'altra. Nessuna avrebbe potuto sostituirla.

E fu in una sorta di raptus che prendendo il coraggio a due mani,col terrore – tutto mio questa volta – che quella madonna mi potesse rispondere con le parole del figlio risorto: "Non mi toccare", (*noli me tangere*), in una sorta di inizio mentale di bacio, preparai la mia anima per poterle dire:"Se ti chiedo la grazia di un bacio, me la rifiuti?".

"No", risposelei, "ti abbraccio".

"Fine di un incubo?",le dissi.

"Sì", mi rispose, "sarà la fine di un incubo durato due anni e due mesi".

C'era una luce nei suoi occhi che non le avevo mai vista prima. Quando mi abbracciò sentii il suo profumo e la pressione dei suoi piccoli seni. La baciai sulla guancia mentre mi sussurrava:"Adesso andrà tutto bene".

E in quella stretta lei dovette sentirefinalmente la vita pulsarle nelle vene e le parve che la sua anima venisse purificata. Mentre io, prima ancora di rendermi completamente conto, mi ero trovato nel bel mezzo di una storia che era come un sogno diventato realtà, e quell'abbraccio disperato (se un abbraccio si può mai definire disperato) mi fece sentire come l'uomo più desiderabile al mondo. Beninteso se non stessi ancora sognando.

Era il cinque di aprile quando ci sposammo (scelsi questa data perché era il tuo onomastico).

La banca di Luigi ci offrì un viaggio soggiorno a Shangri. Là, il mondo dove il tempo si è fermato, e vi è la fonte dell'eterna giovinezza.

Non so quanti giorni siamo rimasti in quell'atmosfera di sogno. Se abbiamo fatto sesso?…No.

Al ritorno dal viaggio, una mattina la mia sposa andò a trovare suo padre, lo trovò stranamente imbronciato.

"Che hai, papà?", gli chiese, "È successa qualche cosa?".

"Sì", rispose il padre, "sei stata una spergiura".

"Ma che dici, papà?Io ti amo più della mia vita".

"Già, ma non mi giurasti che mi avresti portato a conoscere i miei nipotini? Non ti ricordi? Nel salutarci dicesti pure: 'Ciao nonno papà'".

Quella stessa sera eravamo seduti sul divano a vedere la TV, mia moglie aveva espresso il desiderio di rivedere *Via col vento*, ma era stranamente silenziosa.

"Cos'è che non va? Hai forse litigato con tuo padre? Non mi sembra proprio il tipo".

"E invece sì, abbiamo litigato, ma ci voleva proprio questa bella litigata, perché adesso ho la sua benedizione per…".

"Per fare che cosa?".

(La mia fu una provocazione, e ancora oggi benedico quel: "santo padre").

"Credo che dovrai proprio incominciare a darti un poco da fare, non so come faremo, o come farai, insomma vuole subito due nipotini, un maschietto e una femminuccia".

"Ah, e nient'altro?".

Spegnemmo la TV, al diavolo *Via col vento*, e poi lo avevamo già visto due volte quel film.

Due anni, due anni di attesa, due anni di logoramento psicofisico, pensai, mentre lei, leggendomi nel pensiero aggiunse: "Due anni e due mesi".

Fummo molto impacciati, anch'io ero vergine, e ridevamo per le parole che mi disse la signorina della reception all'aeroportodi Capodichino, glielo raccontai nei primi...approcci, un po' per sdrammatizzare, mentre...mentre.

"Ah", disse la ragazza, "questi giovani ingegneri che fanno per la prima volta una cosa", (chissà se se ne accorseche arrossii?).

"Anch'io devo raccontarti una cosa, avevo quattro anni quando mio padre vedendomi seduta sulla mia seggiolina mi disse: 'Quando le bambine stanno sedute devono avere sempre le ginocchia unite', ho dovuto aspettare diciotto anni per rilassarmi un poco".

Eravamo sprofondati nel sonno da molte ore, quando sentii Lena urlare più e più volte, svegliandomi, l'abbracciai tenendola stretta.

Non appena il tremito le passò, mi disse:"Ho avuto un incubo".

"L'avevo capito, me ne vuoi parlare? So che fa bene in questi casi".

Con la bocca ancora irrigidita mi disse di aver sognato che vagava lunga una spiaggia deserta chiamando "mamma"."Mia madre non è morta semplicemente come ti avevo detto, si è suicidata tagliandosi le vene nella vasca da bagno, fui proprio io a trovarla quella mattina che lasciai la casa, mi sento in qualche modo responsabile anche se aveva rinunciato a vivere fin da quando tanti anni prima della mia nascita aveva perduto un bimbo di due anni, con una polmonite diagnosticata tracheite(per la verità allora non esistevano gli antibiotici)".

"Ascoltami, ti prego", le dissi, "Lena, la mancanza d'amore è un fenomeno molto diffuso al tempo d'oggi, tutto può essere superato, vedrai, adesso hai me".

"Spero molto in te", mi guardò, e piegandosi verso di me mi baciò con gratitudine.

Un istante dopo, appassionatamente stretti l'una fra le braccia dell'altro, ci avventurammo ancora una volta agli sconosciuti riti dell'amore.

117

Mia moglie è una donna molto riservata, e la decenza mi impedisce, per strano che possa sembrare in quest'epoca didecadenza, di comunicarti ulteriori particolari.

Una volta sola accennò meravigliata che un sistema così semplice, per quanto poco elegante, potesse assicurare, sia pure in un tumulto emotivo, la sopravvivenza della specie umana.

Però, una cosa osé me la volle dire, senza intenti morbosi. "Ho aperto le gambe alla gioia di vivere, perché l'intento era nobile, procreare. Anche se, come si suol dire, mi son trovata a fare col mio amore, l'utile e il dilettevole".

Il caso, quella parolina tanto vituperata dalla scienza ufficiale,volle che i nascituri fossero proprio due, e per giunta un maschietto e una femminuccia.

La femminuccia è il ritratto della mamma (forse ancora più bella, ma è meglio non dirlo).

Il maschietto, purtroppo, somiglia a me, ma non disperiamo che crescendo si possa aggiustare (mia moglie dice che è bello come me, è evidente che mi vede ancora con gli occhi del cuore, e questo non può che farmi piacere)Oggi sono due industriali alberghieri. Il GrandHotel Admiral si è fuso con l'Hotel Esedra che comunicava col nostro parco. Da circa sei mesi siamo in attesa di diventare nonno papà e nonna mamma.

Lena non vuole saperne di sentirsi chiamare con questonome comune, le ho consigliato di farsi chiamare "zia" dai nipotini.

Psicologicamente (già, la psicologia, quanti guai mi ha combinato), psicologicamente, dicevo, la cosa fa piacere anche a me, certo, una cosa è andare a coricarsi con la zia...

ma quale nonna e nonna, questa non vuole proprio saperne di invecchiare, e mi tocca stare con gli occhi aperti anche se, come diceva Gaetano di sua moglie Maria, potrei mandarla in mezzo a un reggimento di soldati, e dormire sonni tranquilli, e io...ci credo.Lei è contenta che sono geloso, ma quanto mi costa. (Sto cercando di affrettare il tempo, tanto, io la vedo sempre con quel bel costumino sulla spiaggia, e nessuno lo sa).

Domenica 27/8/2011

Caro Enzo,
sono arrivato a un punto in cui non riesco a rileggere ciò che ho scritto, primadi salutarti voglio raccontarti una storia curiosa che probabilmente avrà degli sviluppi incredibili, e potrebbe fare da input per un tuo prossimo racconto, vedi tu. (Se dovesse risultare tutto vero, si arriverebbe alla soluzione di uno dei più grandi misteri del ventesimo secolo).
Una mattina il giardiniere dell'hotel mi chiamò allarmato perché i cani (diventati amici miei) tutte le mattine, appena liberati, correvano presso una fossa che stavano scavando da giorni, nei pressi dell'ultima palma, quella in fondo al giardino, vicino alla vasca dei pesciolini.
"Ieri ho notato una sorta di tela incerata che fuoriusciva da quel buco",mi disse,"e i cani che la sbrindellavano.Ma avvolta in quella tela c'è qualcosa di metallico, non vorrei che fosse qualche residuato bellico".
"Ah", aggiunsi, "allora forse bisogna chiamare gli artificieri! Vediamo un po'".
Arrivati alla fossetta, mi accorsi che si trattava di una cassetta metallica, dissi al giardiniere di scavare intorno e liberarla, ma stando attento a non urtarla col badile.
Ultimata la piccola trincea intorno intorno, ci rendemmo conto che si trattava di una cassetta metallica di forma cubica, di una ventina di centimetri di lato.
Telefonai in questura ad Aldo, il quale sentito il motivo della mia chiamata, mi raggiunse in pochi minuti con due artificieri, i quali riconobbero subito la scatola come una vecchia cassetta

per munizioni, e che la tela incerata era stata messa appunto per timoredell'umidità.

Scoperchiatala, si rivelò essere invece un pacco di mattonelle biancheche mi fecero pensare alle ceramiche di Vietri.

Erano venticinque piastrelle venti per venti, tutte dipinte a mano, i colori che vi predominavano erano il rosso e il blu, dovevano sicuramente essere di un pittore naïf.

Nemmeno per un attimo immaginai quale strana storia avrebbero fatto scaturire quei piccoli dipinti.

Le prime tre rappresentavano la porta di Brandeburgo ritratta da tre diverse angolazioni, che mi diedero l'idea che fossero state copiate da altrettante cartoline, come del resto anche le altre diciassette (la gran parte erano vedute berlinesi).

Fu mio nonno Roberto a sospettare chi potesse essere l'artista che le aveva dipinte, e parlandone con me, decidemmo quella sera stessa di mandare un telegramma all'attenzione del direttore dell'Ermitage. (Già di per sé mio nonno era un intenditore, per aver visto tanti altri lavori di quest'artista visitando l'Ermitage, il museo di San Pietroburgo).

Il giorno dopo ricevemmo un cablogramma in cui si diceva che sarebbero stati felici di riceverci, firmato dal direttore del museo, il signor NikolajVon Brake,Il quale ci fissò un appuntamento per il martedì successivo.

Al nostro arrivo al museo, un addetto ci accompagnò attraverso un lungo corridoio, all'ufficio del direttore. La segretaria con due colpetti alla porta annunciò che erano giunti i signori Sarno da Napoli.

Il direttore gentilmente si affrettò a venirci incontro e stringendoci la mano si dichiarò felice che fossimo andati a trovarlo.

"Veniamo subito all'argomento", disse, "sono proprio impaziente di vedere le sue piastrelle dipinte che lei attribuisce a Hitler".

Aperto il borsone, dopo averle osservate una per una, il direttore chiamata la sua segretaria le disse di pregare il signor Muller di dare un occhiata a questa piastrella (dandole in mano quella alla quale ilnonno aveva attribuito il numero uno).

"Gli dica che quest'acquerello senza firma viene attribuito dai proprietari a Hitler e che avremmo gradito conoscere il suo parere".

("È uno dei nostri esperti", ci disse).

"Sì, penso proprio che possano essere di Hitler", disse, entrando nello studio del direttore, "al momento però non posso esserne certissimo dopo un esame così superficiale, ma è molto probabile che siano autentici, posso guardarli ancora un poco?".

Poi, all'atto di visionare le altre due, esclamò: "Oh Cristo santo! Avrei scommesso la mia vita che fossero autentici, dite al vostro pittore che è un grande artista, e che se non avesse messo sullo sfondo della porta di Brandeburgo il muro di Berlino nemmeno a queste altre due, mi avrebbe gabbato in pieno".

Hitler si suicidò il 30 Aprile 1945, la costruzione del muro risale al 1961-'62, quindi la morte di Adolf Hitler risale almeno a sedici anni prima.

Prima di salutarci il nonno disse al signor Muller: "Se aveste scommesso la vostra vita sull'autenticitàdi quei dipinti, avreste vinto la scommessa".

Il direttore gentilmente ci accompagnò verso l'uscita.Stavamo appena per varcare un cancelletto posto a circa un metro dall'uscita vera e propria, quando scattò una campanella che bloccò tutte le uscite.

Dopo pochi istanti comparve il signor Muller che intimò alla signorina che aveva fatto scattare l'allarme di sbloccare immediatamente le uscite, chiedendo scusa all'impiegata per essersi spiegato male infatti aveva intimato di bloccare i signori che stavano uscendo, e la ragazza alla parola "bloccare", aveva pensato bene di far scattare le chiusure d'emergenza.

Chiarito l'equivoco (che creò non poco panico a me e al nonno per fortuna di poca durata) ci invitarono a risalire nello studio del direttore.

120

A questo punto, il signor Muller propose al direttore di chiederci il favore di lasciargli tenere per un paio di giorni le opere, naturalmente con tutte le garanzie del caso.Accertatosi della nostra condiscendenza, il direttore, chiamò la segretaria e le fece prenotare una camera all'Hotel Hilton, ubicato a poche decine di metri dal museo, per i signori Sarno.

Appena ci risedemmo alla scrivania, il signor Muller ci chiese di poter rivedere per il momento, soltanto i dipinti che riguardavano la porta di Brandeburgo.

Prima che ce ne andassimo, sempre con la squisita compagnia del direttore che si era offerto di accompagnarci all'albergo, il signor Muller ci fece una domanda per la quale rimanemmo di sasso, io e il nonno.

"Posso chiedervi una cosa", disse, "anche se non siete obbligati a rispondermi, queste piastrelle, provengono da Hong Kong?".

"No",rispose il nonno.

"Eppure", aggiunse lui, "sono sicuro che provengono da un'isola, avevo pensato Hong Kong perché è la patria delle porcellane.Anche se mi sono reso conto della sciocchezzache ho detto, perché a una mia sensazione, queste opere vi sono giunte in aereo, e Hong Kong, piccola e montuosa com'è, non avrebbe mai potuto avere un aeroporto".

Ci salutammo dandoci appuntamento per le cinque del pomeriggio del giorno dopo.

Arrivammo puntuali all'ora del tè, del giovedì successivo.

Oltre al direttore e il signor Muller c'erano diverse altre persone.Fatte le dovute presentazioni (per la maggior parte erano tutti esperti d'arte) ci sedemmo tutti intorno al tavolo.Prese la parola il signor Muller:

"Prima di ogni altra cosa, vorrei far presente che, per quanto mi riguarda, ci troviamo, o perlomeno io mi ci trovo, di fronte a una questione di sensazioni. Mi sono dibattuto tutta la notte fra incredulità e stupore col progressivo convincimento dell'autenticità di questi dipinti.

Cercherò di spiegarmi meglio.A volte mi capita di prendere in mano un oggetto, e l'oggetto stesso mi fa pensare alla persona che lo ha tenuto in mano, e vedere addirittura dove si trova la persona in questione, ecco perché ieri vi ho chiesto se proveniva da un'isola.

Ora io mi trovo di fronte ad una situazione davvero strana.Prese le tre piastrelle che raffiguravano la porta di Brandeburgo, e le mise in un certo ordine".

(Mettendo per prima quella alla quale intuitivamente il nonno aveva dato il numero uno).

"È chiaro che questi dipinti sono stati fatti da una sola mano, ma questo deve essere accaduto in tempi diversi.Se osservate il primo, almeno nell'ordine in cui li ho messi, noterete che sullo sfondo non si vede il muro di Berlino".

"Passò di mano il dipinto perché se ne accertassero tutti".

"Mi faccia vedere", disse il direttore prendendogli il dipinto da mano, "ha ragione", disse, "questo particolare mi era sfuggito".

"Passiamo adesso agli altri due, sempre assodato che la mano che li ha ritratti è la stessa, e dal momento che sullo sfondo si intravede il muro di Berlino, c'è una sola spiegazione (e questa volta sono io a metterci la mano sul fuoco, come fece Muzio Scevola) questi altri due dipinti sarebbero stati eseguiti da Hitler in persona ben oltre il 30 aprile1945, data in cui risulta morto, ma sicuramente, e comunque, dopo il 1961, data della costruzione del muro".

121

Detto questo, il direttore e il signor Muller si alzarono restituendo le tre piastrelle.Ci alzammo a nostra volta, mentre il nonno diceva: "Siete stati molto gentili, vi ringraziamo e vorremmo pagare per il disturbo".
"Nessun disturbo", risposero quasi in coro, mentre il direttore aggiungeva: "Siamo noi che vi ringraziamo per averci offerto la possibilità di vedere delle opere di cui si ignorava l'esistenza.Qualora foste interessati alla vendita, se ne potrebbe parlare".
"Grazie", rispose il nonno, "ci faremo un pensierino…".
Credo proprio che quel sornione di mio nonno lo sapesse che stava per essere protagonista di un avvenimento epocale, ma questa è un'altra storia (ci troveremmo di fronte al primo uomo resuscitato dopo le parole di Gesù a Lazzaro: "alzati e cammina").
Cercasi scrittore, io sono solamente un biografo(di romanzi sull'argomento, durante e dopo la guerra, ne sono stati scritti a diecine, e c'è il rischio che nessun editore in Italia lo pubblicherebbe). Anche se questa volta potrebbe essere tutto vero.

Era una lastra di marmo di onice del Portogallo nascosta dietro a una siepe, di colorerosa con tenui venature grigie. Come spesso accade anche per le grandi invenzioni, l'ho scoperta soltanto per caso, un "caso" dovuto alla mia cattiva abitudine fin da bambino, di leggere le parole al contrario (salumeria-airemulas, salone-enolas, macelleria-airellecamecc).

La scritta diceva "BEHA",ed io vi lessi "AHEB": Adolf Hitler – Eva Braun.

"Senza il ritrovamento delle piastrelle e il flirt lampo con Monica",mi confessò Franco,"non avrei mai avuto l'opportunità di vedere quella lucina dietro la siepe nel suo giardino, (che a prima vista mi fece pensare a una coccinella)e non sarei mai arrivato alla decrittazione di quella lapide.Finzione, o verità storica?…".

Intanto furono le stesse parole di uno degli esperti tedeschi, un vecchio feldmaresciallo nazista, dette in separata sede al signor Muller, ad autenticare quei dipinti, parole che riferite al nonno lo fecero inorridire.

"Come potevate pensare che Adolf Hitler facesse cremare il proprio corpo facendo così la stessa fine dei porci ebrei?".

Mi svegliai, mentre ancora assonnato ti salutavo con le stesse parole che scrissi al mio fratellino:

"Addio, amico Enzo, grazie per tutta l'amicizia che mi hai donato, se addio significa arrivederci da Dio, che bella speranza, allora addio,amico mio, non so quando ci rivedremo, ma quando questo mistero sarà svelato, sarà un grande giorno per tutta l'umanità".

Quella mattina mi bussò Pasquale al citofono.

"Signor Enzo, aspettavate un mobile?".

"No", risposi, "deve essere un disguido, comunque sto per scendere".

Arrivato giù trovai un enorme contenitore di cartone con l'etichetta: alN.H. Enzo Amoruso.

"Pasqua', apriamolo".

Scoperchiato il cartone, c'era qualcosa avvolto in una coperta stile militare, spostata la coperta apparve uno scrittoio di lacca nera...

Se mi uscì qualche lacrima? Non mi ricordo (ne ho spesso di "queste" amnesie).

Sistemai lo scrittoio proprio di fronte alla mia scrivania. Eppure...– quanti si interessano soltanto a ciò che è razionale, sono portati a non dare alcun valore a fatti soprannaturali che a rigor di logica non dovrebbero accadere, e tuttavia accadono eppure... quel mobile...ammiccava.

Quel mobile, apparentemente inanimato, mi sembrava che vivesse, fu una sorta di brivido che mi portò alla mente un racconto indiano che lessi tanti anni fadi un santone che alla morte la sua anima si rincantucciò in un mobile della casa in cui aveva trascorso tutta la sua vita, con la speranza che un giorno sarebbe stata liberata.

Quel giorno stesso mi ricordai del cassettino segreto, per quanto Franco lo aprì in mia presenza, non mi riuscì di far scattare il meccanismo che lo sbloccava.

Ci stavo armeggiando quando suonò il citofono che mi distolse, era Pasquale che mi pregò di raggiungerlo al quinto piano dove una signora lo aveva pregato di accorrere perché il marito era caduto dalla sedia, e non dava segni di vita. Scesi a piedi i tre piani e arrivai nell'attimo in cui Pasquale apriva il cancelletto dell'ascensore. Entrammo, e veramente il marito era morto con un infarto.

Era un caro amico, due giorni prima avevamo preventivato di andare a Procida il sabato successivo dove aveva una casetta, per una mia consulenza a proposito di alcune infiltrazioni che provenivano da un terrazzino prospiciente.

Dopo qualche giorno, mi ritrovai seduto alla scrivania per completare una planimetria che avevo lasciato in sospeso,quando mi ricordai del cassettino segreto. Mi alzai per cercare la maniera di aprirlo.

Dopo aver cercato di spostare a destra e a sinistra una modanatura d'ottone, nell'attimo in cui stavo per desistere, vi appoggiai il pollice come se avessi voluto spingerla in dentro, sentii un clic e il cassettino uscì di circa un centimetro.

Tiratolo fuori lo vidi ingombro di carte, le prime formavano un mazzetto che era stato spillato. Quando cominciai a leggerle, mi resi conto che parlavano dell'argomento che già avevamo sviscerato abbondantemente. Messe da parte, raccolsi tutti quei frammenti che erano rimasti in fondo al cassettino, erano spillati, quello che mi stupì fu il fatto che erano scritti in greco (aveva studiato i classici, e aveva imparato il greco con il nonno).

Sul primo foglio c'era scritto a stampatello:
CARO ENZO, LA VISTA NON MI AIUTA PIÙ TANTO, ENON MI CI RACCAPEZZO PIÙ, VEDI UN PO' TU. TI ABBRACCIO. CIAO. (MI AFFIDO ALLA TUA...PERSPICACIA).

La prima parte di quei frammenti cartacei mi pose non pochi problemi (quelli in greco per me furono arabo) in modo particolare per quanto concerneva la loro successione. Era del tutto evidente che li aveva scritti senza curarsi del loro ordine, sicuro che all'occorrenza avrebbe saputo dove collocarli.

Provai in più modi di mettere un poco d'ordine in quegli scritti, ma non avevo mai la garanzia di trovarmi di fronte a quello che lui avrebbe voluto.

I frammenti restanti, ciascuno dei quali offriva però un tema nella misura in cui formava un'unità per se stante, ad ogni buon conto, li riposi nel cassettino, e decisi di scacciare la malinconia con una lunga passeggiata per il Vomero,era una sera troppo calma e bella per sprecarla in nostalgie e futili rimpianti.

Quest'episodio (episodio perché inserito nella vicenda di *Assassini...*) mi riservai di raccontarlo ad un mio amico, scrittore veramente, per un eventuale proseguimento, qualora vi fosse riuscito, mentre mi tornava in mente lachiusa ariostesca: (forse altri canterà con miglior plettro). Tenni per me soltanto una sorta di lamento sulle circostanze che gli avevano impedito di portare alcune correzioni che avrebbe desiderato apportare alla sua opera.

Sì, decisamente, c'era l'anima di Franco in quelle carte, Franco sarebbe stato capace di questo e altro...

Conclusioni

Suppongo che dopo la mia descrizione, questo tipo di delitto perfetto non esisterà più, i periti settore da oggi in poisaranno obbligati a resecare i crani ad ogni episodio diemorragia cerebrale.

Ecco come andavano i fatti:

Portavo nella tasca interna sinistra della giacca o del cappotto, a seconda delle circostanze, un giravite lungo e sottile, come quello che usano i radiotecnici per raggiungere i punti in profondità degli *chassis*, una specie di spillone (nell'episodio che mi riguarda da vicino, avvenne soltanto per caso, avevo con me una pinza e un giravite per una piccola riparazione ad un TV quando m'accorsi dell'aggressione alla sorellina di Franco, con un gesto rabbioso tentai di infilare in gola all'aggressore il giravite che

191

avevo in mano, che, a un suo scarto gli penetrò in profondità in una narice uccidendolo sul colpo).Lo poggiavo nella narice destra del malcapitato e attraverso la fossa nasale lo spingevo in profondità nella direzione dell'occipite, entrava come nel burro (i mancini avrebbero dovuto operare nella narice sinistra).

Appena l'attrezzo urtava il cranio, lo sfilavo di circa due o tre centimetri, e facevo un movimento come se si girasse una manovella, bastava un solo giro.

L'errore, di Enzo, che comunque passò inosservato, fu quello di aver fatto roteare il giravite quando ancora poggiava sotto il cranio, per cui si ebbe la fuoruscita anche del liquido cefalorachidiano dalle orecchie.

Negli altri sette casi eseguiti con perizia da Franco, vi fu solamente l'epistassi.

Nel dialogo di Franco coi vigilantes, fui io a suggerire l'accostamento, tutt'altro che arbitrario, a una scena di scarpettiana memoria.

In merito alle confidenze fuori registrazione, il 24/7/2011, Franco mi confidò di essere affetto da tumore allo stomaco, per cui gli diedero ancora sei mesi di vita (furono buoni profeti, Franco morì dopo sei mesi e pochi giorni).

Quando a registratore spento mi presentò sua moglie, capii subito dal colore degli occhi, che quella splendida donna non poteva essere altri che Lena.

Il boss cubano-napoletano che mi presentò Aldo mi diede un carnet di dieci assegni che avrei potuto (spacciare) con almeno centomila dollari l'uno, perché la "banca" traente di Cuba avrebbe dato il bene-fondi. (non ne feci uso perché escogitai una tecnica tutta mia, come il lettore avrà notato).

Anche mia madre in qualche modo mi sviò, quando disse:"È troppo bella per essere una semplice segretaria", eppure lei doveva sapere che "zio" Arnaldo era un misogino.

Non fu una vera bugia quella di Franco nel dirmi che io avrei scritto la più intensa e romantica storia d'amore di fine millennio, infatti, io l'ho scritta, ma è stato lui ha dettarla.

Note biografiche

Enzo Amoruso, è napoletano, vomerese(piede di broccolo).Nel 1933,anno della sua nascita, l'estesa collina del Vomero era ancora ingran parte zona agricola, e vi crescevano molto bene i broccoli– nono di dieci figli di un importante famiglia di costruttori edili.

Al Vomero,appunto, è ambientato idealmente il racconto stesso, anche se, per la gran parte, si svolge in una delle splendide isole delle Cayman, la Grand Cayman.

Si tenga presente, tuttavia, che qui siamo almeno sessant'anni dopoil verificarsi degli avvenimenti, la ragione di tale ritardo è dovuta a motivi di...incolumità personale. Franco ha ritenuto addirittura opportuno far cremare il suo...involucro (e questo è perfettamente socratico) facendo disperdere le sue ceneri nel golfo di Napoli.

Per questi motivi la biografia del mio amico Franco è andata in stampa postuma, sei mesi dopo la sua morte.

Soltanto ora, alla fine della sua biografia, mi viene spontaneo chiedermi se Franco non ci abbia ingannati tuttiquanti(sia pure per validi motivi) fingendosi morto. Ma farò ogni tentativo per scoprirlo, soltanto per amore del suo libro,di cui si parla già della versione cinematografica...

20 maggio 1977

La passeggiata a mare era traboccante di cineasti che piovevano un po' da tutto il mondo sull'isola, la Croisette, così la definii in

194

quel momento, mi sembrava di stare a Cannescon tutte quelle lingue mescolate insieme in una moltitudine cacofonica di promesse e vecchie glorie del cinema, gli alberghi erano al completo, mentre gli abitanti dell'isola restavano a bocca aperta davanti ai visi di tanti divi famosi che riempivano le strade i bar e i ristoranti.

Quella sera stessa, stavamo festeggiando i quarant'anni di mia moglie, i nipoti facevano un baccano d'inferno, e solo per caso sentimmo trillare il telefono, fu proprio lei a rispondere pensando che fosse qualche altro parente che voleva farle gli auguri, passò qualche secondo e la sentii dire:"E io sono Ingrid Bergman", e riappese mentre aggiungeva (per fortuna dopo aver posato il microfono sulla forcella):"Cretino".

"Chi era?",le chiesi.

"Un cretino, ha detto:'Buona sera, scusi se la importuno, sono Roberto Rossellini'.'E io sono Ingrid Bergman', gli ho risposto, e ho riagganciato".

Dopo qualche secondo, il telefono squillò di nuovo.

"Lascia rispondere me", le dissi.

"Pronto, chi parla?".

"Scusi se mi intrufolo così nella sua casa".

Ma...quella voce flautata...quel tono ricercato...

"Sono Ingrid Bergman, ho sentito che nella sua casa c'è una mia omonima, ho letto anch'io il suo racconto, mio marito mi ha consigliato di leggerlo più volte, deve avere qualche cosa in mente, in questo momento fungo da segretaria, la saluto caramente e le passo mio marito Roberto che le vuole parlare, lei è il professor Vincenzo Amoruso, vero?".

"Sì...", risposi, moltolentamente, come avviene nei sogni,"sono Amoruso".

"Buonasera, signor Amoruso, sono Rossellini, sua figlia non mi ha dato il tempo di parlare pensando a uno scherzo telefonico, non lo è, glielo posso assicurare".

"Era mia moglie".

"Ah,veramente mi era sembrata la voce diuna ragazzina".

"Mia moglie è una ragazzina".

"Beata lei".

"Ho voluto telefonare personalmente per dirle che sono rimasto molto commosso dalla lettura del copione che mi hanno inviato i suoi nipoti, lei ha interpretato magistralmente un mio sogno, è stato come se l'avessi scritto io stesso, ma non sarei stato altrettanto bravo, mi piacerebbe conoscerla e parlarne di persona.Io sarò a Napoli all'Hotel Vesuvio il pomeriggio del 20 giugno per una riunione importante, mi piacerebbe che ci fosse anche lei, beninteso se non è impegnato in quel giorno".

Ancora una volta mi svegliai intriso di sudore…

Il 3 giugno 1977, moriva il "mio" regista, Roberto Rossellini.

L'ingegnere "Franco Sarno", protagonista di questo libro, è un personaggio pressoché di fantasia con tutti i problemi umani e le decisioni sul lavoro che lo assediano tutti i giorni.

Il lettore non potrà non essere con lui quando si consulta ansiosamente con amici e parenti, e quando, prima di saltare il fosso –e questo è il compito più arduo– deve comunicare ai parenti che la casa, e l'intero patrimonio familiare, sono diventati proprietà delle banche e di usurai senza scrupoli.

Grafica: Sergio Amoruso

La parola all'autore

Quando arrivi a ottant'anni (79) col desiderio di scrivere un libro, fallo, prima che sia troppo tardi. Se non salirà in alto il tuo nome, vi salirà il tuo spirito, e per questo piccolo beneficio che riceverai, anche nella tristezza di un'ambizione delusa, tu l'amerai sempre, come ameresti un nuovo figlio.

L'idea di scrivere un romanzo mi è nata quasi per caso durante lo scavo per le fondamenta di un fabbricato in piazza Medaglie d'Oro, al Vomero, nel 1960 da parte dell'impresa edile di mio padre. Un ritrovamento sembrò aprirela strada a una suggestiva ipotesi storica (quel terreno era stato occupato dai tedeschi dal 1943 al 1945)e mai avrei potuto immaginare, neppure lontanamente, quale strana storia avesse potuto portare alla luce quei piccoli dipinti.
Quello che ha comportato, è invenzione narrativa, malgrado io creda che qualcosa del genere debba essere realmente accaduto. Del resto non è mai stata smentito scientificamente.

Giudizio di una cara, anziana maestra:
Ad un alunno estroso e originale,
sono stata colpita e commossa dalla lettura di questo libro.È un testo originale tra realtà e sogno, capace di creare un'atmosfera evocativa di ricordi, sensazioni, stati d'animo e figure.Assidua è l'indagine morale e sociale che traspare tra le righe attraverso un linguaggio carico di immagini e arricchito da citazioni e riferimenti filosofici che rivelano la cultura e la sensibilità dell'autore.
Ma il filo conduttore di tutta la narrazione, è un ricordo particolare che, seppur doloroso, con la sua levità consola il cuore e fa volare alto.

Con tanta stima,
la tua vecchia maestra Rosalba,
che ti porta ancora nel cuore

FINE

Ah…quasi misfuggiva,sto sorridendo ironicamente fra me e me, mentre mi dico che io e Franco, pur fra due fronti diversi, ci siamo compresi molto bene. L'unica differenza sta nel fatto che Enzo e Franco sono la stessa persona (il dottor Jekyll e mister Hyde, sonoio)i nomi dei nonni sono autentici, nonno Carlo e nonno Angelo, rispettivamente (paterno) e (materno).